Hermann Multhaupt
Das Geheimnis der Muschelbrüder

Hermann Multhaupt

Das Geheimnis der Muschelbrüder

Historischer Roman

benno

Bibliografische Information Der Deutschen Bibliothek
Die Deutsche Bibliothek verzeichnet diese Publikation in der Deutschen Nationalbibliografie; detaillierte bibliografische Daten sind im Internet über http://dnb.ddb.de abrufbar.

ISBN 3-7462-1668-0

04159 Leipzig, Stammerstr. 11
www.st-benno-de
1. Auflage 2003
Umschlaggestaltung: Ulrike Vetter, Leipzig,
unter Verwendung eines Fotos von Peter Santor, Karlsruhe
Gesamtherstellung: Kontext, Lemsel

Inhalt

Der Traum an der Fähre

Wer das Elend bauen will,
der mach sich auf und zieh dahin
wohl auf St. Jakobs Straßen!
Zwei Paar Schuch die muss er han,
ein Schüssel bei der Flaschen.

Ein breiten Hut den soll er han
und ohne Mantel soll er nit gahn
mit Leder wohlbesetzt;
es schnei
oder regn oder wehe der Wind,
dass ihn die Luft nicht netzet.

Das Wasser stieg kräuselnd vom Kiel an der dunklen Bootswand empor, vergrößerte seine Kreise, bis der Strudel einen leichten Sog entstehen ließ, so als würde das Wasser in sich beschleunigenden Drehungen in einen unsichtbaren Trichter gesogen. Der Fährmann blickte, den Stangenbaum in der Hand, dem Wasserwirbel nach, während sein Schiff flussab und zugleich quer über den Strom schoss, dem unbefestigten Ufer zu, wo das Wasser breiig und brackig in Tümpeln und Schlammmulden stand.

»Der Hakemann«, brummte er, »der Hakemann zieht Kinder an.«

Angst vor dem Geist des Flusses saß ihm noch im Blut. Mit ihr war er groß geworden, seit die Eltern wie alle Erwachsenen des Dorfes den Kindern den Aufenthalt am Fluss mit den unheimlichen Geschichten vom Hakemann zu vereiteln trachteten. Es waren Erzählungen, die sich auf nebulöse Geschehnisse beriefen, auf eine dunkle, unausgegorene Mär, auf im Zwielicht keimende undurchsichtige Ereignisse, die, wie aus grauer Vorzeit überliefert, von Generation zu Generation weitererzählt, ausgeschmückt und vertieft wurden. Es gab niemanden, der nicht an sie glaubte. Es war ein verwunschenes Geschöpf, das da unten hauste, drunten, in der Tiefe der Weser. Von Zeit zu Zeit schnellte es an die Oberfläche empor, sich ein Opfer zu suchen, von dessen Blut es eine Weile seine quälende Lebensgier stillte. Nicht mal »Sünt Clawes« schien gegen den Flussgeist etwas ausrichten zu können, St. Nikolaus, den man gern in Wassersnot und bei Schiffbruch anrief.

Es gab Leute, die den Hakemann gesehen hatten, wie er in mondbeschienenen Nächten seinen runzeligen Kürbiskopf mit dem Tanghaar aus den Fluten gestreckt und nach einem Gefährten der Tiefe Ausschau gehalten hatte. Manch einer wollte auch den Enterhaken gesehen haben, der ihm am Armstumpf gewachsen war als Ersatz für die von einem mutigen Fischer abgetrennte Hand. Andere meinten, der Hakemann bediene sich einer langen Stange ähnlich der des Fährmanns, um kleine Kinder, die am Ufer spielten, in die Tiefe zu ziehen. Man wusste nichts genau, nicht verbindlich, aber es reichte, um die Angst zu schüren und Generationen von Menschen mit Schreckensmeldungen zu füttern.

Im Grunde war ihnen auch der Fährmann verdächtig. Ein Mann, der sich ins Totenreich des Flussgeistes wagte, konnte kein gewöhnlicher, kein normaler Mensch sein. Stand er am Ende mit dem Hakemann im Bunde, oder war er gar ein durch heimlich verspritztes Blut ihm untrennbar verbundener Vasall? Und doch ging es nicht ohne diesen Mann, den das Misstrauen umlauerte wie eine Katze das Vogelnetz, musste jemand aus der Dorfgemeinschaft den Dienst der Fähre übernehmen, die wenigen Reisenden ans andere Ufer übersetzen oder von dort herüberholen. Die Aufgabe war Kretz zugefallen. Kretz mit dem Hinkefuß, der seit Geburt missgebildet und nicht in eine normale Form zu bringen war.

Ohne die Verbindung zum anderen Ufer brach die Welt zusammen, der bescheidene Handel mit Kurzwaren, mit der Feldfrucht, mit selbstgewobenem Leinen und irdenem Geschirr. Kretz sorgte gewissenhaft dafür, dass der Austausch vonstatten ging, nicht erlahmte oder zum Erliegen kam. Bei Wind und Wetter, unter sengender Sonne und in frostklaren Abendstunden stand er am Ufer, im Schilf, auf dem Steg, hielt er die Hand über die Augen und wartete auf Kundschaft. Freilich, es gab noch die Furt unterhalb der Dörfer Heristal und Wirigisen*. Dort war das Wasser so flach, dass es die Karrenräder in trockenen Sommern gerade überspülte, aber das Übersetzen dauerte seine Zeit, länger jedenfalls als die Kahnfahrt mit Kretz. Gern hatte Kretz diesen Fährdienst nicht übernommen, nicht freiwillig, nicht ohne Widerspruch. Aber nach dem frühen Tode der Mutter und dem Unglück des Vaters konnte er dem Paten nicht über das Firmalter hinaus auf der Tasche liegen. So blieb ihm keine Gelegenheit, das verantwortungsvolle, aber auch umstrittene Amt auszuschlagen.

Der Wasserwirbel hatte sich verflüchtigt, aufgelöst – keine Spur vom Hakemann. Kretz pfiff erleichtert durch die Zähne, zugleich stieß er die lange Stange mit aller

* die heutigen Dörfer Herstelle und Würgassen

Kraft in den schlammigen Grund. Sein Körpergewicht ruhte sekundenlang auf dem dünnen, astlosen Baum, und während das längliche Boot unter seinen Füßen davonzuschnellen drohte, eilte er zwei, drei Schritte gegen die Fahrtrichtung, riss die Stange aus der morastigen Tiefe und stakte sie mit einer schnellen, weit ausladenden Bewegung am Bug des Bootes abermals in das Flussbett. Der Arbeitsgang wiederholte sich einige Male, dann zog er den Baum ein, das Schiff setzte im seichten Wasser auf. Das Schilf bebte und raschelte, als die Bootsspitze es berührte und auseinanderfaltete. Letzte Fahrt für heute, dachte Kretz. Es dunkelte. Er vertäute das Fahrzeug an einem tief in die breiige Erde gerammten Pflock und war mit zwei linkischen Sprüngen am Ufer. Kretz sah zum Himmel auf, aber es waren keine Sterne zu sehen. Das Tal gab nur ein Stück des Firmamentes preis. Schweigend standen die Wälder beidseitig des Stromes. Ihre endlosen schwarzen Linien verloren sich in der Dunkelheit. Weh dem, der sich hier jetzt verirrte oder im Schein eines Wachslichtes seinen Weg zur nächsten Herberge nicht fand. Kretz bekreuzigte sich. Es kamen in letzter Zeit manchmal Fremde, einzeln, in kleinen Gruppen. Fromme Leute, hergelaufenes Gesindel, ein Ritter sogar zu Pferd. Kretz hatte sie über den Fluss gesetzt. Nur das Pferd fand keinen Platz in dem schmalbauchigen Boot; es schwamm ihm widerwillig nach.

Die Leute erzählten seltsame Dinge. Von einem Grab des Apostels Jakobus, den man den Älteren nannte, das im Galicischen entdeckt worden sei, am Ende der Welt, wo das Meer steil abfällt bis in die Hölle. Dorthin waren sie alle auf dem Weg, die Fremden, die frommen Pilger – und sie wussten im Grunde nicht warum. Einer hatte von wundersamen Lichterscheinungen erzählt, aber er hatte

sie nicht selbst gesehen, nur davon gehört, und sein Gerede hatte andere angesteckt. Es ging das Gerücht, wer das Grab des Apostels Jakobus aufsuche, werde gerettet, dem sei der Himmel gewiss, dem würden die Sünden abfallen wie die Läuse aus einem gereinigten Pelz. Man wusste nichts Genaues, nichts Bestimmtes. Aber viele, so hörte man, waren aufgebrochen, einfach losgezogen, um endlich die Angst vor dem ewigen Verderben abzuschütteln, dem Feuer zu entfliehen, das die Dominikaner in ihren Predigten entfachten als Strafe für die übergroße Schuld der von Gott verworfenen Menschheit.

Kretz sah zu dem Bergrücken auf, der vor ihm lag. Auf seiner Spitze blinkten vereinzelte Lichter. Dort lag das Dorf. Sein Dorf. Heristal, das einstige Heristallum Saxonicum. Karl, der Frankenkaiser, hatte es kurz vor seiner

Krönung in Rom gegründet. Dort oben wartete eine warme Suppe auf ihn, die die Nachbarin auf dem offenen Feuer kochte: Lauch, ein paar Beeren, Wurzelgemüse und aufgeweichtes Brot, dazu an den Festtagen ein paar Bröckchen Schweinefleisch oder einen geräucherten Fisch in Meerrettichsoße. Kretz freute sich, bildete sich ein, den Geruch des Feuers zu spüren, während er mit ungleichen Schritten den Hang hinaufging, und den beißenden Qualm, der dem Strohdach entquoll. Er würde sich auf die Holzbank neben der Feuerstelle setzen, seine bescheidene Abendmahlzeit einnehmen, beiläufig den Worten der Witwe Lene lauschen, die vor Redseligkeit übersprudelte, nicken, verneinen, seine Pfeife stopfen und den Rauch gegen die schwarze Decke stoßen, die Augen schließen und die Bilder an sich vorüberziehen lassen, die ihn seit Tagen bedrängten …

Kretz kam von den Pilgern nicht los, die er über die Weser gebracht hatte. Vom Kloster Bursfelde her waren sie stromab gewandert, den trägen Windungen des Flusses nach, der eine halbe Stunde oberhalb der Fährstelle das Flüsschen Diemel aufnahm und zugleich seine Richtung änderte. Ihrer seltsamen Verklärtheit war nicht viel zu entlocken gewesen; es schien, als hätten einige ein Schweigegelübde getan. Ihr nächstes Ziel war das Dorf Haddenberg* auf rauher Hochfläche, wo man seit kurzem den hl. Jakobus verehrte. Der Mund eines versprengten Pilgers aus dem Hessischen hatte – so bekundeten sie – geheimnisvolle Wunderberichte verbreitet: Er sei bis ins Galicische gekommen und habe den Strom der Männer und Frauen mit eigenen Augen gesehen, die sich betend

* das heutige Jakobsberg

und singend dem Grab des Apostels näherten. Einige hätten freilich auch geflucht – der Blasen an ihren Füßen wegen und wegen der Lumpen, in denen sie steckten. Das Kleingeld sei ihnen schon lange ausgegangen, und bei den Bauern und Wirten sei nichts oder nur gegen Wucherpreise etwas zu holen gewesen.

Kretz spuckte aus. In seiner Tasche klimperten die Münzen, die er sich heute durch den Fährdienst verdient hatte. Sieben Personen hatte er ans andere Ufer befördert oder von dort abgeholt. Unter sich die Strudel, die Launen des Wassers, über die der Wind dahinstrich, das Gluckern und Gurgeln, das Schmatzen und Plätschern, dessen Ursache nicht zu erkennen war. In der Tiefe lauerte der Hakemann. »Der Hakemann zieht Kinder an, wenn er sie nur kriegen kann.« Vielleicht war Kretz ihm heute über das Tanghaar gefahren, hatte er seinen Scheitel mit dem Kiel seines Bootes berührt und musste morgen die Rache fürchten? Vielleicht hatte er, Kretz, ihm den Stangenbaum ins rechte Auge gestoßen und beschwor nun die Vergeltung des Wassergeistes herauf? Jeder Tag war eine Herausforderung, eine Fahrt ins Ungewisse. Dabei durfte man keine Angst haben, keine Furcht kennen, – jeder Mensch stand unter Gottes Schutz, der seine Hand über Gerechte und Ungerechte hielt. So lehrte es der Pfarrer sonntags von der Kanzel, und dazu hob er seine breiten, schwieligen Hände, die die Arbeit auf dem Feld gebräunt und gefurcht hatte, und schlug das Kreuz. Das Kreuz über Rechtschaffene und Sünder.

Ein schwerer Entschluss

Sack und Stab ist auch darbei.
Er lug, dass er gebeichtet sei,
gebeichtet und gebüßet!
Kummt er in der Welschen Land,
er findt kein deutschen Priester.

Ein' deutschen Priester findt er wohl:
er weiß nit, wo er sterben soll
oder sein Leben lassen;
stirbt er in dem welschen Land,
man gräbt ihn bei der Straßen.

Im Pfarrhaus brannte noch Licht. Kretz zögerte, wie so oft in den letzten Tagen, ob er direkt an Lenes Abendbrottisch hinübergehen oder dem Geistlichen den immer wieder verschobenen Besuch abstatten sollte. Der Gedanke an die Pilger, die nach Galicien unterwegs waren, nahm wieder überhand, und Kretz beschloss, den Pfarrer zu fragen, was er von ihrer Wallfahrt ans Ende der Welt halte. Der Fährmann äugte durch das verhangene Fensterloch und sah ihn am Tisch, ein abgegriffenes Buch vor sich und die flackernde Kerze, die ihre Schatten auf die Buchstaben und die gekalkten Wände warf.

Kretz klopfte und trat gleichzeitig ein. Der Pfarrer hob den Kopf und blickte müde zur Tür. Er trug sein Werktagsgewand, und die Latzschürze verriet, dass er soeben aus dem Stall gekommen war, wo er die Kuh versorgt hatte.

»So spät noch, Kretz?«

»Entschuldigt, Herr«, sagte Kretz und drehte die Mütze in der Hand.

»Du weißt, dass die Nacht des Teufels ist.«

»Ich weiß. Aber ich hatte einen späten Gast und komme gerade von meiner Arbeit heim. Ich möchte etwas mit Euch bereden.«

Der Priester wies auf einen klobigen Stuhl an der oberen Tischseite.

»Komm, setz dich, Kretz.«

Kretz gehorchte wortlos, drehte weiter verlegen die Mütze. Er sah in die erwartungsvollen Augen des Pfarrers, die unter buschigen Brauen auf ihn gerichtet waren.

»Es lässt mich nicht los, Herr.«

»Was, Kretz?«

»Das Bild von den Pilgern. Vor zwei Monden und vor einigen Tagen setzte ich einige über den Fluss. Und heute stand wieder einer auf der anderen Seite des Stromes.«

Der Pfarrer schloss das Buch und legte es zur Seite, ohne den Blick von seinem abendlichen Besucher abzuwenden.

»Du meinst die Wallfahrer, die auf dem Wege nach Santiago de Compostela sind.«

Kretz nickte. »Ich weiß nicht, wie der Ort heißt, wohin sie sich auf den Weg machen. Aber es muss in Galicien sein.«

»Es tut auch nichts zur Sache, Kretz, wie man den Ort nennt. Ob Galicien, ob Santiago de Compostela – wir wissen nicht genau, wo das ist, und niemand von uns wird je dorthin gelangen.«

Kretz schluckte, er legte die Mütze auf den Rand des Tisches.

»Herr, es mag ja stimmen, dass wir nicht genau erfahren, wohin die Pilger auf der Reise sind. Aber ich möchte mich ihnen anschließen. Ich will mit ihnen gehen.«

Kretz duckte sich, als erwarte er einen Peitschenhieb. Sein Kopf saß tief zwischen den Schultern, und aus dieser Haltung blickte er den Priester verstohlen an.

»Habe ich recht gehört, Kretz? Weißt du auch, was du sagst?« Die sonst so milde Stimme des Geistlichen hob sich.

»Ich habe es mir seit acht Tagen überlegt, was ich sage«, erwiderte Kretz.

»Närrisches Geschwätz«, wehrte der Pfarrer ab. »Jemand hat dir einen Floh ins Ohr gesetzt, und schon spielst du verrückt. Du bist unentbehrlich – am Fluss. Wer sollte denn Fährmann sein, wenn nicht du, Kretz?«

»Sie haben am Sonntag nach Pauli Bekehrung selbst gesagt, dass jedermann ersetzbar ist, Herr.«

Der Pfarrer schluckte. Es kam nicht oft vor, dass sich jemand seiner Pfarrkinder eine Predigt über einen so langen Zeitraum merkte.

»Du siehst das nicht im Zusammenhang, Kretz. Ich habe von allgemeinen Aufgaben gesprochen, die von jedermann wahrgenommen werden können – aber nicht vom Dienst des Fährmannes.«

Der Geistliche spürte, dass diese späte Auslegung seines Predigtwortes selbst einem einfachen Mann wie Kretz wie eine Notlüge oder Ausrede erscheinen musste.

»Wer hat dich nur auf den Gedanken gebracht?«, fragte er. »Einer dieser Pilger muss dir doch den Kopf verdreht haben.«

»Ich habe in ihre Gesichter gesehen«, sagte Kretz. »Es lag ein so merkwürdiger Glanz darin.«

Der Pfarrer stand auf und ging ein paar Schritte unruhig auf und ab. Der gestampfte Lehmboden verschluckte den Laut der Holzschuhe. Schließlich blieb er vor Kretz stehen, musterte ihn, legte ihm die Hand auf die Schulter. Kretz sah zu ihm auf. Sein Gesicht war hohlwangig, Bartstoppeln bedeckten Oberlippe und Kinn, auf der linken Stirnseite verlief eine Narbe, die von einem Sturz oder Schlag herrührte, bis an den Ansatz des dichten schwarzen Haares. Er könnte es schaffen, dachte der Priester. Er könnte das Ende der Welt erreichen – mit diesen bittenden und flehenden Augen. Die Augen sind alles. Nicht die Muskeln, die stämmigen Waden. Auf die Augen kommt es an. Aber dann sah der Pfarrer auf den verkrüppelten rechten Fuß des Fährmanns, der seit Kindestagen verunstaltet war.

»Nein, es hat keinen Sinn, Kretz. Schlag dir den Gedanken aus dem Kopf. Jemand, dem die Kinder ›Hinkefuß‹ nachrufen, hat am Ende der Welt nichts verloren.«

Kretz riss sich empor und stand wie ein Schrank. »Sie werden nicht mehr ›Hinkefuß‹ rufen, wenn ich zurück bin.« In seinen Augen standen Fackeln. Das Feuer des Fanatikers, des Besessenen, dachte der Geistliche und wich unwillkürlich zurück.

»Und wer, meinst du, sollte Fährmann sein?«

Kretz nannte ein paar Namen, aber der Pfarrer schüttelte den Kopf. Kretz schien für das Amt unentbehrlich.

»Ich bitte Sie, Herr, lassen Sie mich gehen – um des Friedens meiner Seele willen.«

Jetzt horchte der Geistliche auf. Abenteuerlust und Selbstbestätigung also schieden bei der Motivsuche aus? Kam hier eine andere Überlegung ins Spiel? Die Sehnsucht des Herzens, Bedürfnisse der Seele? Von dieser Seite kannte er die ihm anvertrauten Menschen zu schlecht, das gab er unumwunden zu. Und er gestand sich auch, dass er sich nicht immer genug Mühe gab, sie im Alltagsgeschäft nach Gefühlen und Empfindungen, nach Träumen und Sehnsüchten zu befragen. Die Tage zogen sich träge dahin wie der Fluss, randvoll mit der Sorge um das tägliche Brot, das meist nur dürftig ausfiel, mit der Beschäftigung im Stall beim Vieh, mit der Knochenarbeit auf den Feldern, bei der Saat und der Pflege der Feldfrucht, bis die nicht verhagelte und nicht verseuchte Ernte in die Scheunen gefahren werden konnte – bescheidener Vorrat für einen kalten, stürmischen Winter unter den windschiefen Dächern des Dorfes auf dem Berg.

Jeder Tag hatte seine Mühe und Plage. Gab es am Sonntag eine Verschnaufpause, so schliefen ihm die Bauern und Fuhrleute, die Fischer und Gerber, die Holzschuhmacher und Korbflechter, die Knechte und Tagelöhner unter der Kanzel ein, die schwieligen Hände wie vertäute Boote im Schoß, während die Frauen auf der linken Seite des Kirchenschiffes unter den Worten des Pfarrers, die Köpfe gesenkt, das Strafgericht Gottes auf sich hereinzubrechen glaubten. Kleingeistig, ängstlich, sündig, gedemütigt, gefallen – das war der Mensch, der sich das Paradies verscherzt hatte und nun im Schweiße seines Angesichtes die Ursünde der Stammeltern sühnte bis ans Ende seiner Tage. Er war Wegweiser, Weggeleiter, Seelsorger – er, der Pfarrer, und er wusste außer aus den Schriften und der Hoffnung seines Herzens zuweilen auch nicht, wie es weiterging, wohin der Weg führte aus der Zeit in die Ewigkeit. Wie oft hatte er sich selbst der Kleingläubigkeit geziehen, gehadert, gezweifelt, seinen Unglauben angeprangert angesichts der Krankheiten, der Seuchen, der Unglücksfälle, die das Dorf trafen. Wie konnte er im Angesicht eines oft unvorhersehbaren, qualvollen oder plötzlichen Todes, der nicht mehr schließbare Lücken riss, Waisen und unversorgte alte Menschen zurückließ, verzweifelte Eheleute und wehklagende

Anverwandte, immer wieder von den Freuden künftiger Herrlichkeit reden, von göttlicher Barmherzigkeit und Geduld, von der Liebe des Schöpfers zu seiner Kreatur? Wer das Elend sah, das aus den Häusern kroch oder die Familien heimsuchte, durfte seinen priesterlichen Worten nicht trauen, musste hellhörig, misstrauisch sein gegenüber dem, was gelehrt, was verordnet, was von oben als wahr und richtig erkannt wurde.

Der Pfarrer erschrak. Welche häretischen Gedanken! Aus welchem Sumpf abgrundtiefer Verderbtheit stieg der Widerspruch auf, machte sich Widerstand gegen die Wahrheit breit? Er machte das Zeichen des Kreuzes, die Einflüsse und Einflüsterungen des Teufels zu bannen. Kretz stand noch immer vor ihm, aufmerksam, abwartend, den verkrüppelten Fuß an dem gesunden Bein reibend. Seine Augen loderten.

»Es wird mir nicht gelingen, dir die Idee auszureden, Kretz«, seufzte der Geistliche. »Aber du wirst es schwer haben. Vielleicht nie wiederkommen.« Der Pfarrer deutete auf den missgestalteten Fuß seines Gastes. »Begeisterung und Sehnsucht sind nicht genug, Kretz. Und mag dein Herz randvoll sein von diesem Wunsch, ans Ziel des Weges zu gelangen, nach Galicien, ans Grab des Apostels, es kommt darauf an, dass man durchhält.«

»Ich werde es schaffen«, beharrte Kretz. »Nie wieder wird jemand ›Hinkefuß‹ zu mir sagen.«

»So geh, in Gottes Namen. Jedoch zuvor bedenke dein Testament. Viel hast du ja nicht zu vermachen. Aber du solltest die Lene nicht ohne ein Goldstück lassen und auch nicht ohne das Linnen, das du von deiner Mutter noch in der Truhe hast. Für den Fall, dass dir etwas geschieht und du nicht wieder heimkommst. Vor allem aber schließe Frieden mit deiner Seele. Komm morgen

um diese Zeit in die Kirche, damit ich dir vor dem Altar des hl. Nikolaus, deines Standespatrons, die Beichte abnehme. Ich setze inzwischen die Papiere auf.«

Als Kretz gegangen war, griff der Geistliche seufzend nach Feder und Pergament. Er dachte eine Weile nach, dann begann er bedächtig zu schreiben:

»Wür Pfarrherr und Rath des Bischöflichen Hofes Heristal am Fluvius Weser Geben allen und Jeden Gaist: und weltlichen Hohen: und Nideren oberkheiten, auch sonsten aller meniglichen so disen Brüeff sehen oder hören lassen zue vernemmen, das Zeiger dis, der Ehren bescheidene Kretz, Färmann am Fluss, Unser mit Burger aus sonderbarem von dem Allmechtigen eingegossenen Inspiration und Andacht eine wahlfahrt zue des heiligen Sancti Jacobii majoris Apostoli grab, nacher Compostel in dem Spanischen Königreich Castilien gelegen Zueverrichten willens, Mit angeheffter und undertheniger Pit, weil er in pass: und repassierung solchen fernen Landen, nit allein wegen der leidigen contagion sondern auch Kriegs: und anderen Zue tragenden Ursachen halber verhindert werden möchte, das wür ime desentwegen schrifftlichen schein erlaubnis und Urkhund ertheilen wollten ... Allso Verurkhunden und Bekhennen wür bei unseren wahren worten an Aidstatt, da diser unser lieber Burger und underthan, dise sein raiß, Zue keinem anderen End, als devotionis ergo: für und ahn die hand genommen, von fromen noch lebenden Aelteren in Christlich Catolischer Religion aufferzogen, Und das (dem aller höchsten sei Lob und danckh gesagt), ieziger Zeit bei uns in Deütschland Kein Contagion nit seye, sunder gueter frischer lufft gefunden werde deretwegen Jezt und gelanget Ahn alle oben erzelte Stendt und deren bediente, das sie gedachten unseren lieben Burger nit allein beßer maßen cecommendiert und befohlen sein laßen, sondern auch allen freyen sichern pass und repass verstatten und geben lassen wollen ...«

Aufbruch ins Ungewisse

So ziehen wir durch Schweizerland ein,
sie heißen uns gottwillkommen sein
und geben uns ihre Speise;
sie legen uns wohl und decken uns warm,
die Straßen tun sie uns weisen.

So ziehen wir durch die welschen Land,
die seind uns Brüdern unbekannt:
das Elend müssen wir bauen.
Wir rufen Gott und St. Jakob an
und unser liebe Frauen.

Die Mainacht umfing ihn. Kretz sah zum Himmel auf; ein Sternenmeer wogte wie ein leuchtender Weg durch das Dunkel. Ich will dir folgen, dachte der Fährmann, bis ans Ende, bis ans Ziel. Mein Herz wird nicht eher Ruhe geben, als bis ich das Ende der Welt erreicht habe.

April und September sind die Pilgermonate. Frühling und Weinlese gelten als ideale Zeiten für Aufbruch und Wiederkehr. Doch zwischen ihnen liegt die lange Straße des Pilgers. Ein halbes Jahr und mehr ist sie lang, manchmal verdoppelt sie sich – was ist Zeit in Gottes Händen? Mit der steigenden Sonne folgen die Jakobspilger dem Ruf des Herzens, und mit ihren sinkenden Strahlen im Herbst des nächsten Jahres kehren sie zurück in die Heimat – falls Wetter, Wölfe, Krankheiten, Unglücksfälle, Mord und Totschlag, die Gefahren des Weges sie gnädig verschont haben.

Kretz kannte noch niemanden, der zurückgekehrt war. Er hatte bisher nur den Aufbruch miterlebt, die hoffnungsvolle Erwartung jener Pilger, die er über den Fluss geleitet hatte und die vom St. Jakob im fernen Galicien nicht mehr wussten, als was sie wiederum von anderen Wallfahrern erfahren hatten und was ihre Phantasie ihnen in kühnen Strichen vorzeichnete. Es gehörte zu den unnachprüfbaren, unerklärbaren und seltsamen Erscheinungen dieser Wallfahrt, dass der Wille zum Aufbruch genügte, der Drang, nur fort vom Ort der Beharrlichkeit, und die Sehnsucht, ein verheißenes Ziel zu erreichen. Diese Wallfahrt war eine Herausforderung an das Leben. Sie stellte eine Versuchung dar, und erst im zweiten Schritt grübelte man darüber nach, ob mit dem Einverständnis, ihr nachzugeben, tatsächlich ein himmlisches Verdienst oder eine bodenlose Enttäuschung verbunden war.

Kretz ahnte den Zusammenhang, während er ausschritt, als nach Tagen anfänglicher Begeisterung für diese Pilgerfahrt mit den erlahmenden Schritten die ersten Zweifel am Gelingen seines Planes auftraten. Hatte er der Neigung seines Herzens nicht doch zu schnell nachgegeben? War die knappe, eher auf Andeutungen beruhende Rede, mit der die fremden Pilger ihn aus heiterem Himmel getroffen hatten, am Ende doch Selbstbetrug und Einbildung, für die es nur eine Antwort gab: rasch an die Weserfähre zurückzukehren und stillschweigend den Dienst wieder aufzunehmen, den er in einer Anwandlung seelischen Ungestüms unüberlegt verlassen hatte?

Kretz war ungeübt im Gehen, im strengen, disziplinierten Marsch durch das Land, das der Mairegen wässerte. Seine körperliche Kraft lag in den Armen, nicht in den Beinen und schon gar nicht im rechten Fuß, der herumtollenden Kindern Anlass zum Spott gab. Den

Kahn durch die Fluten zu lenken, ihn gegen Sog und Strömung zu steuern, darin bewährte er sich. Im täglichen Gang von fünfzehn römischen Meilen* im Durchschnitt aber steigerte sich eine Qual, die er so nicht bedacht und mit der er so bald nicht gerechnet hatte. Wenn wenigstens der Regen nicht wäre, der erbarmungslos aus grauem Himmel troff, die Kleidung durchnässte und die Erde in eine lehmige, glitschige Masse verwandelte, die sich schwer an die Schuhe hing.

Kretz trug einen breitkrempigen Filzhut, den man unter dem Kinn mit Bändern befestigen konnte, und einen inzwischen durchweichten Umhang aus Stoff, der zugleich seine dürftige Habe schützte und dessen Saum mit jeder Stunde, die der Fährmann sich voranmühte, mehr die Farbe des Bodens annahm. Ein abgebrochener Stangenbaum diente ihm als Stütze.

»Nimm diesen Stab zur Unterstützung deiner Reise und deiner Mühen für deinen Pilgerweg«, hatte der Geistliche bei der Verabschiedung gesagt, die er im Beisein der ganzen Gemeinde nach dem Sonntagsgottesdienst in St. Bartholomäus vornahm, »damit du alle Feindesscharen besiegen kannst, sicher zum Grab des hl. Jakobus gelangest und nach Vollendung deiner Fahrt zu uns mit Freude zurückkehrest. Dies gewähre Gott selbst, der lebt und herrscht von Ewigkeit zu Ewigkeit. Amen.«

Es war ein erhebender und beglückender Augenblick im Leben des Fährmanns gewesen. Das erste und einzige Mal, dass er im Mittelpunkt des Dorfes gestanden und das staunende Unverständnis der Gemeindemitglieder empfunden hatte.

* eine römische Meile = rd. 1480 Meter

»Der Weg des Pilgers ist schmal, denn der Pfad, der den Menschen zum Leben führt, ist schmal«, rief der Pfarrer in die starre und ungläubig lauschende Runde, »hingegen breit und geräumig ist die Straße zum Tod«, und dabei händigte er Kretz eine Pilgertasche aus, in der er das kirchliche Dokument verstauen konnte und ein paar Kreuzer sowie den Reiseproviant für die ersten zwei Wallfahrtstage. »Im Namen unseres Herrn Jesus Christus. Nimm diese Tasche als Zeichen deiner Pilgerschaft, damit du geläutert und befreit zum Grab des hl. Jakobus gelangen mögest, zu dem du aufbrechen willst, und kehre nach Vollendung deines Weges unversehrt mit Freude zu uns durch die Hilfe Gottes zurück, der lebt und herrscht von Ewigkeit zu Ewigkeit. Amen.«

Noch immer regnete es, der Himmel war dem Pilger nicht hold. Einen Mond bin ich zu spät dran, dachte Kretz, während er sich über aufgeweichte Wege schleppte. Einen Mond früher hätte ich aufbrechen sollen, wenn ich nur Mut gefasst und dem Pfarrer rechtzeitig von meinem Plan berichtet hätte. Der April ist der Monat des Pilgers, nicht der Mai. Im April trieben zuweilen noch Eisschollen auf der Weser, die an den schilfigen Rändern des Oberlaufs festgesessen und sich unter dem Einfluss der Strömung gelöst hatten. Aber die Erde war um diese Jahreszeit noch hart unter der Schmelze, gefroren bis in die Tiefe, während im Mai mit dem wachsenden Leben und der sprießenden Saat auch der Boden in Bewegung kam und den maßlosen Regen aufsaugte wie Moos und Schwamm.

Kretz hatte beschlossen, auf Köln zuzugehen, auf die alte Römerstadt, in der man an einer großen Kirche baute, wie sie größer und schöner noch niemand gesehen habe. Ihre Türme sollten einst, wenn sie fertiggestellt war, den Himmel berühren, so hoch war sie geplant. Die Eigenart des Bauwerks, so hatte Kretz sich sagen lassen, bestand aus vielen kleinen Türmchen und Bogen, die miteinander in Zusammenhang standen, aus Stützen und Gerüsten aus Stein, die wie ein Gerippe untereinander verbunden waren – ein Wunder, dass der Bau dem Eifer der Menschen standhielt und nicht zusammenbrach.

Kretz hatte keine Vorstellung von dem »himmlischen Jerusalem«, das diese Kathedrale demnächst darstellen würde. Ein Stück des Himmels sollte auf die Erde herabgeholt werden in einen gewaltigen Raum? Ein Thronsaal Gottes gewissermaßen, in dem der Herrscher mit den Ältesten des Volkes, den Auserwählten des Alten und Neuen Bundes zu Tische saß? In der »Geheimen Offenbarung« seien die Baupläne verbürgt, in den Aufzeichnungen des Apostels Johannes, der auf Naxos starb und der das »himmlische Jerusalem« in seinen Visionen gesehen hatte, in einem überirdischen Traum. Der Fährmann konnte nicht lesen, er bedauerte, die Lateinschule in den Klöstern nicht besucht zu haben. Aber Jungen mit einem »Hinkefuß« nahm man dort nicht an, nur wohlgestaltete junge Männer, die nicht den Makel eines körperlichen Gebrechens trugen. Wozu, zum Teufel, hatte Gott ihm einen missgestalteten Fuß beschert? Kretz erschrak. Wie durfte er mit seinem Schicksal hadern? Was der Himmel schickte, war verdient …

Kretz ging auf Köln zu, aber er wusste nicht genau, wo Köln lag. Er folgte ein Stück der »Ruhr-Diemel-Straße«, die über Brilon nach Meschede und weiter über Balve – Iserlohn nach Letmathe und Hagen verlief. Unterwegs traf er einen Mann aus der Umgebung von Paderborn, der das Grab des Apostels Jakobus ebenfalls zum Ziel hatte; ihm schloss er sich freudig an. Das sagt sich so leicht.

Erst, nachdem sich das gegenseitige Misstrauen gelegt hatte und einer vom anderen wusste, dass er tatsächlich ein Jakobuspilger war, rückten sie enger zusammen. Sie zeigten sich ihre Dokumente, deren Amtlichkeit sie in einen besonderen Status versetzte, und tauschten ihre Gedanken über die Wallfahrt aus.

Der Mann aus der Gegend von Paderborn war groß und kräftig, ein Hüne von einem Kerl, der den »Hinkefuß« mit ein paar Hieben in die Rippen rasch außer Gefecht setzen konnte, wenn er es darauf anlegte. Er hieß Franz Lauterbrunn, stammte aus einem Wiesengrund mit lauter reinen Quellen, schien gutmütig und hilfsbereit. Seine Fäuste verrieten den Schmied. Er war nicht so wortgewandt wie Kretz, denn am Amboss, im Dunst der Schmiede und unter den Geräuschen der Hämmer gab es nichts zu reden. Dem Fährmann dagegen war eine Unterhaltung mit seinen Kunden nicht fremd. Er fragte sie nach dem Woher und Wohin, es schlossen sich einige Bemerkungen über das Wetter an und ein Austausch der Meinungen über die Ereignisse in der großen gefährlichen Welt, deren Grenzen niemand kannte. Auf diese Weise war die Kunde von den seltsamen Vorgängen in Compostela, von den Lichterscheinungen, die Bischof Theodomir am Himmel gesehen, bis an die Weserfähre gelangt, während der Schmied bei einem Besuch in der Bischofsstadt Paderborn zufällig davon gehört hatte, als er im »Paradiesportal« des Domes auf eine Gruppe Jakobspilger getroffen war, die dort ihre Abendmahlzeit zubereiteten und ihr Lager für die Nacht herrichteten. Ein Pilger wusste gar von den Erscheinungen eines Engels zu berichten, der dem Einsiedler Pelagius die Ruhestätte St. Jakobus gezeigt habe.

Niemand zweifelte an diesen Überlieferungen. Sie konnten nur auf wahren Geschehnissen beruhen! Die Zeit war nicht nur wundergläubig, sie stand im Begriff, eine neue Phase der Geschichte zu gebären. Nach den Prophezeiungen und Deutungen hätte die Welt im Jahre 1000 untergehen müssen; die Zeichen waren klar, die Hinweise unumstößlich gewesen. Aber Gott hatte die Zeitenuhr nicht angehalten, noch immer tastete ihr Schatten je nach Sonnenstand über das Zifferblatt aus geritztem Sandstein an der Südseite des kleinen einschiffigen romanischen Gotteshauses in Heristal. Wenn also die Welt nicht unterging, hatte Gott dann nicht etwas Großes mit ihr vor? Waren die Menschen deshalb diesem unerklärlichen Baufieber verfallen? »Mächtige Herren und Fürsten der Welt, aufgebläht von Reichtum und Ehren, Frauen von edler Geburt beugten ihre stolzen Häupter und spannten sich gleich Zugtieren vor Karren, um Wein, Getreide, Öl, Kalk, Steine und Holz den Werkleuten einer Kirche zuzuführen. Und ob viel mehr als tausend Köpfe zusammen sind, herrscht doch ein tiefes Schweigen. Wenn sie dahinziehen unter Posaunenschall und unter geweihten Bannern, kann nichts sie aufhalten, weder Berg noch Wasser; ihr könntet glauben, die alten Juden durch den Jordan schreiten zu sehen. Gott der Herr scheint sie selbst anzuführen. Die Flut des Meeres ist zurückgetreten, um ihnen Platz zu machen. Augenzeugen von Sainte-Marie-du-Port haben es versichert. Sind die Pilger an der Kirche angelangt, bei deren Bau sie helfen wollen, so machen sie eine Wagenburg und wachen die ganze Nacht und singen Psalmen. Auf jedem Karren zündet man Kerzen und Lampen an, zu den mitgebrachten Kranken werden Reliquien getragen, und alles Volk hält Bittgesänge um ihre Heilung …«

Kretz kannte den Unterschied nicht zwischen Nachricht und Gerücht, alles, was sein Ohr erreichte, was hinter vorgehaltener Hand oder unter entsetzten Augen geflüstert wurde, was ein Marktschreier in die Welt hinausposaunte oder einem Sterbenden im Delirium über die Lippen kam – ein Körnchen einer ewigen Wahrheit steckte in allen Worten. Kretz war ein gläubiger Mensch, einer, der die Dinge, die ihn erreichten, für möglich, für wahrscheinlich hielt, denn wozu sollte man sie erfinden, sich aus dem kranken Hirn saugen, zusammenlügen, wenn hinter ihnen wie hinter einer dunklen Wand das Gericht stand, das ewige, das endzeitliche, das die Maßstäbe für die Ewigkeit setzte? Nein, Kretz wollte sich das Paradies nicht verscherzen. Also lauschte er den Worten, die ihm auf dem beschwerlichen Weg entgegenwehten oder ihn anfielen, je, auf welche Weise er den Menschen begegnete. Der Klumpfuß schmerzte, er war eine Versuchung, vielleicht auch eine Stufe auf dem Wege zum Himmel; solange Kretz die Stiche, das Pochen im Fleisch, in den Sehnensträngen ertrug, war ihm Erlösung sicher. Es war eine Frage der Abtötung, der Selbstverleugnung, der Ausrichtung auf das Ziel: Jenseits des Maienhimmels, der jetzt bläulich über der Ebene lag, war das Tor, an dem der hl. Petrus den Schlüssel in der Hand hielt und einließ oder ausschloss, je nach seinen Verdiensten.

Das »hillige Köln«

So ziehen wir durch der arme Jecken Land.
Man gibt uns nicht dann Apfeltrank,
die Berge müssen wir steigen.
Gäb man uns Äpfel und Birn genug,
wir äßens für die Feigen.

So ziehen wir durch Stoffeien hinein.
Man geit uns weder Brot noch Wein,
die Säck stehn uns gar leere;
wo ein Bruder zu dem andern kommt,
der sagt ihm böse Märe.

Kretz ging auf Köln zu, aber er wusste nicht genau, wo Köln lag. Lauterbrunn hatte noch weniger Ahnung von der Lage der Stadt. Er verließ sich, wie er sagte, auf seine Nase, die in den Wind schnupperte und gleich dem Rotwild die Witterung aufnahm. Der Wind blies meist von Westen, von wo die Regenwolken sich türmten im Mai und später im verbrannten Herbst. Dorthin liefen die Rinnsale, die Bäche, die Flüsse, wenn sich die Wasser aus den Bergen vereint und miteinander Frieden geschlossen hatten. Im Westen aber war der große Strom, von dem Lauterbrunn gehört hatte, und an seinem Ufer lag die heilige Stadt, das »hillige Köln«, in der die drei Weisen aus dem Morgenland bestattet waren, die den Stall von Betlehem aufgesucht und das Kind in der Krippe angebetet hatten. In einem goldenen Schrein, so erzählten die

Händler, die auf ihren zweirädrigen Karren vom Rhein heraufkamen, ruhten nun ihre Gebeine, und gerade standen die Bauleute, die Steinmetze im Begriff, auf Weisung der hohen Prälaten ein neues Gotteshaus zu errichten, das noch schöner und größer werden sollte als die vorige Kirche. Wie ein Fischgrätenmuster aus Stein, ja, so sollte der neue Dom aussehen, durchsichtig, voller Luft, ein Gerippe aus Mauerwerk und farbigem Glas, das so kostbar war wie ein Stück des lebendigen Himmels, und dieses Gebäude sollte den vom Meister des Aachener Marienschreins vollendeten Sarkophag der heiligen Drei Könige aufnehmen.

»Erzbischof Conrad legte am Tag Mariä Himmelfahrt den Grundstein. Durch die Autorität des Herrn Papstes wie durch seine eigene und die des Legaten sowie aller Suffraganbischöfe der Kölnischen Kirche gewährte er den Gläubigen einen unerhörten Nachlass, die ihr Eigenes hingaben oder Almosen zum Bau der genannten Kirche entsenden wollten. Von der Zeit an wurde das Fundament der neuen Kirche des Seligen Petrus gelegt, der Domkirche von Köln, staunenswert in den errichteten Maßen ihrer Breite und Höhe.«

Sie blieben zwei Tage. Lauterbrunn nahm die Dienste eines Baders in Anspruch, um sich die zerschundenen Füße mit Salbe einreiben zu lassen, während Kretz die Kirchen der Stadt betrachtete und in staunender Verwunderung vor ihrer erdrückenden Schönheit stand. Die Steinquader türmten sich vor ihm auf bis in nie geahnte Höhe. Wie klein erschien dagegen die Dorfkirche zu Heristal auf dem Berg neben der bischöflichen Burg, aber sie war auch nicht so erdrückend und bedrohlich, statt dessen ein Vaterhaus voller Wärme mit vertrauten Düften, Formen und Zeichen.

Kretz kannte die Namen der Kirchen nicht, jedoch ein Mesner erklärte ihm, wie die Gotteshäuser hießen, als er in St. Pantaleon vor dem Bild der schmerzgebeugten Mutter des Herrn, die ihren tödlich verwundeten Sohn im Schoß hielt, ein Wachslicht entzündete für den glücklichen Fortgang der Reise. Der Fährmann kannte den Ausdruck »heiliges Köln« vom Hörensagen. Neben Jerusalem, Rom und Konstantinopel verdient diese rheinische Metropole den anspruchsvollen Titel seit dem christlichen Mittelalter. Den Ruf des geweihten Ortes begründeten die Reliquien der zahlreichen Märtyrer, Bekenner und Bischöfe, die in kostbaren Schreinen in Krypten und unter Altären aufbewahrt und verehrt wurden. Maternus, der erste namentlich bekannte Kölner Bischof, soll gar ein Schüler des hl. Petrus gewesen und von ihm mit zwei Gefährten zum Missionieren über die Alpen geschickt worden sein. Maternus starb nach der Legende im Elsass. Der hl. Petrus sandte darauf seinen Stab, und als man mit diesem die Ruhestätte berührte, erhob sich Maternus aus der Gruft und wirkte noch 40 Jahre für die Ausbreitung des Glaubens.

Kretz sah den Stab Petri, das kostbare Zeugnis der frühen Gründung dieses Bistums, mit seinem Elfenbeinknauf, den Erzbischof Bruno aus Metz nach Köln bringen ließ. Der Boden Colonia Agrippinas, so erzählte ihm ein verknöchertes Weiblein, das an der Tür von St. Gereon Thymian und Johanniskraut verkaufte, sei getränkt vom Blut der Märtyrer. Gereon gehörte zu den Blutzeugen der legendären Thebäischen Legion, die ihre Spuren von Oberitalien bis Xanten hinterließ, und über dessen Grab ein Zehneck aus Nischen entstand, ein Dekagon, das zu den baulichen Wundern der Zeit zählte. Kretz hörte ebenfalls die Geschichte der hl. Ursula, die mit Zehntausenden von Gefährtinnen und Gefährten vor den Toren Kölns das Martyrium erlitt – gar ein Bischof soll darunter gewesen sein. Kretz betrat auch das Gotteshaus, das dem hl. Martin zu Ehren errichtet worden war, und legte seine Hand auf die Grabplatte Plectrudis', der Gemahlin Pippins des Mittleren, die als Gründerin der Kirche St. Maria im Kapitol galt.

Ein Ring von Kirchen schmückte die Stadt, wie ein Kranz junger Lindenbäume, das religiöse Leben blühte, entfacht in einer fiebrigen Begeisterung und vom Feuer des Glaubens. St. Aposteln, St. Georg, St. Severin – im Kopf des Fährmanns schwirrten die Namen, aber er machte sich nichts daraus, dass er sie verwechselte, stattdessen genoss er die steinernen Loblieder zur Ehre Gottes.

Lauterbrunn hielt dem Mitpilger vor: Kretz solle sich ausruhen, statt auf seinem Hinkefuß von Gotteshaus zu Gotteshaus zu tippeln. Es war das erstemal seit Wochen, dass wieder jemand abfällig vom verkrüppelten Fuß des Fährmanns sprach. Kretz dankte ihm den wohlgemeinten Ratschlag nicht. Lauterbrunn solle sich davonstehlen und einen jungen Springinsfeld zum Begleiter wählen, erwiderte er erbost, jedoch die bauliche Pracht, deren Schönheit schier über ihm zusammenschlug und ihn in silbernen Wonnen zu ersticken drohte, besänftigte bald sein aufbrausendes Gemüt, und die Versöhnung ließ nicht lange auf sich warten.

Sie trafen auf Mitpilger, die darüber beratschlagten, welchen Weg sie nehmen sollten – den rheinaufwärts, um sich in Einsiedeln mit den Oberdeutschen zu vereinen und über Luzern und Genf ins Welschenland zu gelangen, oder die Moselstraße entlang gen Trier zu ziehen, wo der heilige Rock Tausende von Wallfahrern anzog. Kretz und Lauterbrunn entschieden sich für die Moselstrecke.

Zwei Hamburger Pilger wollten durch den Schwarzwald über die Baar zum Bodensee, wo sie sich in Überlingen, einem Sammelpunkt von Jakobsjüngern, mit Freunden verabredet hatten. Mit ihnen hofften sie durch die Burgunder Pforte das Rhônetal zu erreichen.

Am Tag ihrer Abreise gesellte sich ein weiterer Jakobspilger zu ihnen, der vom Niederrhein über Xanten und Wesel heraufmarschiert war, um in Köln auf Gleichgesinnte zu treffen. Er hieß Antonius Viermann. »Meine Freunde nennen mich Tünn«, sagte er, nachdem sich die drei ein paar Minuten beschnuppert hatten. Er war im Vergleich zu Franz Lauterbrunn ein schmächtiges Männchen, Schneider von Beruf, dessen schmale, lange Finger die Worte, die unaufhaltsam seinem Munde entströmten, mit wilden Gesten begleiteten. Antonius' Stärke steckte in seinen Reden. Binnen weniger Minuten wussten die beiden anderen Mitpilger mehr von ihm, als sie sich beide auf ihrer Wanderung durch das Land der tausend Berge anvertraut hatten. Kretz hing an seinen Lippen und lauschte den Worten des quirligen Mannes, dem der dünne Spitzbart auf und ab wippte. Lauterbrunn schwieg, blickte seinen neuen Begleiter zuweilen skeptisch von der Seite an, wenn er sich in seine Abenteuer zu versteigen schien wie in die Felsspalten eines unbezwingbaren Berges.

Kretz aber lauschte, spitzte die Ohren, so wie er auf der Fähre ein schweigender Zuhörer gewesen war. Schließlich aber wurde es dem vierschrötigen Schmied zu bunt: »Dass du, Kretz, dir das Geschwafel von dem Nadelschwinger anhören kannst! Merkst du denn nicht, wie er uns Bären um Bären aufbindet und sich im Stillen belustigt, weil wir ihm nicht auf die Schliche kommen?«

»Jedes Wort, das ich sage, ist wahr! Beim hl. Jakobus, Franz, du darfst mir glauben«, ereiferte sich Antonius

Viermann und maß seine Umgebung mit beleidigten Blicken.

»Auf dem Schneidertisch, ja, da wirst du in deinen Träumen durch die Welt spaziert sein – auf deinen Spinnenbeinen. Krumm sind sie obendrein.«

»Lügen haben kurze Beine«, lächelte Kretz, aber er blickte die beiden Streithähne nicht an. Er sah hinter der Rheinschleife die Stadt mit der buntsandsteinfarbenen Kirche aufscheinen, ein ausgeworfenes Tuch voller Baukastenhäuser.

»Wir werden in einer halben Stunde in Linz sein. Dort, so habe ich in Köln gehört, befindet sich ein Hospiz für Pilger. Gott und der St.-Jakobus-Bruderschaft sei gedankt!«

Der Sühnewallfahrer

So ziehen wir zu Sant… ein.
Man gibt uns Brot und guten Wein:
wir leben in reichem Schalle.
Langedoken und Hispanierland
das loben wir Brüder alle.

Es liegen fünf Berg im welschen Land,
die seind uns Pilgram wohlbekannt:
der erst heißt Runzevalle,
und welcher Bruder darüber geht,
sein' Backen werden ihm schmale.

Das schwere Tor des Gefängnisses in Trier, das seit Römertagen unter dem Namen Colonia Augusta Treverorum bekannt ist, fiel polternd ins Schloss. Michael Kopff stand auf der Straße, ein Bündel zerlumpter Kleidung unter dem Arm, in der linken Brustinnentasche ein Schriftstück, das ihn als Sühnewallfahrer auswies, als einen Menschen, der, um eine große Schuld abzutragen, sich auf eine große Reise nach einem weit entfernten Pilgerort begab. Zwei weitere Verbrecher, mit denen er sechs Wochen die Todeszelle geteilt hatte, waren im Morgengrauen hingerichtet worden. Ihre Leichen wurden in dem Augenblick an der Außenmauer des Gefängnishofes verscharrt, als man ihm die spärliche Habe aushändigte und den Marschbefehl nach Santiago de Compostela. Besser nach Kastilien wallfahren als ins Heilige Land, dachte Michael

Kopff, als das Leben allmählich in seinen wie ausgestorbenen Körper, der sich in Gedanken bereits mit der Hochzeit mit dem Hanfseil abgefunden hatte, zurückkehrte. In Jerusalem saßen die Muselmanen, die den Christen die Gurgel durchschnitten, wenn sie ihrer habhaft wurden, und im Mittelmeer lauerten die Piraten, um die Schiffe zu kapern und die Pilger zu massakrieren. Und selbst wenn man sich auf den beschwerlichen Landweg nach Palästina einließ – in den Karpatenländern und hinter dem Bosporus hielten sich die kriegerischen Osmanen in Bergnischen und hinter Flussbiegungen versteckt, um die Fremden zu überfallen.

Das Leben eines Mörders war nirgends sicher, weder vor dem Henker in der Heimat noch vor der gefahrvollen Fremde, die wie ein wildes Tier auf ihr Opfer wartete. Kopff hatte eine Menge Schauergeschichten vernommen, Gerüchte waren durch die Gefängnisgänge gehuscht wie die Ratten, die nachts in den Strohschütten raschelten und die schimmelnden Essensreste aus dem Napf fraßen.

Der Sträfling lehnte sich, geblendet von den ersten über die niedrigen Häuser flammenden Sonnenstrahlen, gegen die Mauer. Trotz der morgendlichen Maifrische spürte er einen wärmenden Hauch auf seinem Gesicht. Die Dunkelheit war in den vergangenen Monaten ein ständiger Begleiter gewesen, ein Dauergast, den Kopff nach Wochen der Unsicherheit, ob sein Leben am Galgen oder unter dem Fallbeil enden werde, nun endlich abschütteln konnte. Um so mehr schmerzte nun das Licht, das grell und zuckend über den Horizont fuhr und seine Augen traf. Der Eisenring, der ihm um das linke Handgelenk geschmiedet und so lange zu tragen war, bis das Metall durch Rost oder Schweiß brach, drückte erbarmungslos ins Fleisch. Wie lange dauerte eine Pilgerfahrt nach Santiago? Wann kam man dort an? Die Wärter hatten ihn über vieles im Unklaren gelassen, womöglich, weil sie selbst nichts Genaueres über die Wallfahrt zum Grab dieses St. Jakob zu Compostel wussten.

»Sei froh, dass du nicht die Bekanntschaft mit dem ›Heiratsstifter‹ gemacht hast«, meinte ein grobschlächtiger Bursche, der früher einmal Tierverwerter gewesen war und nun die Gefangenen zur Raison brachte, und hatte mit seiner Bemerkung auf den Henker angespielt. Die eher gutgemeinte Feststellung hatte das Gelächter seines Kollegen hervorgerufen, eines ehemaligen Klosterschülers, eine verkrachte Existenz, die bei seinem Onkel, dem Oberaufseher, untergekommen war. »Ach, lass ihn«, hatte er schnippisch gesagt, »mit der ›Witwe‹ schließt er noch früh genug Freundschaft.« Mit der »Witwe« war der Galgen gemeint, der bereits viele arme Schlucker aus einem scheußlichen Leben in den gnädigen Tod geführt hatte.

Michael Kopff nestelte nach dem Dokument, das ihm der Gefängnisverwalter mit ein paar ermahnenden Worten zugesteckt hatte. Es knisterte unter dem groben Leinen der Bluse. Dort stand, wohin er sich zu wenden und wo er sich zu melden hatte. Die Pfarrhäuser in den Dörfern und Städten und die Hospize, die im Süden jetzt allenthalben aus dem Boden sprossen, an den Pilgerwegen nach Compostela, und die von frommen Männern betreut wurden, von den Benediktinern, die in Cluny ihr erstes Kloster hatten, von Pflegeorden und Rittergemeinschaften – ach, kenne sich einer aus mit den hochwohllöblichen Herren –, sie waren die Anlaufstellen für Kopffs Sühnewallfahrt. Dort musste er sich seine Ankunft jeweils bescheinigen lassen, aber auch den Zeitpunkt der Weiterreise, damit alles seine Ordnung habe im Strafvollzug. Um der Barmherzigkeit Christi willen solle man ihn aufnehmen, ihn mit Speise und Trank verköstigen und ein dürftiges Lager geben für die Nachtruhe, nicht zu erbärmlich, aber auch nicht zu bequem, damit nur ja kein Wohlbehagen den von der Straße ausgedörrten Leib des Pilgers verwöhne.

Kopff öffnete die Augen, die er für wenige Sekunden vor der grellen Morgensonne geschlossen hatte, und blickte in die fast menschenleere Straße. Außer ein paar Steinmetzen, die neben dem Dom, der ältesten christlichen Kirche Deutschlands, an einem neuen Gotteshaus zu Ehren der Gottesmutter wirkten, kreuzte niemand seinen Weg. Er hörte das Hämmern und Pochen der Arbeiter, ihre verhaltenen Gesänge. Der Stein wuchs wie ein Baum, er verästelte sich, trieb Knospen und Blüten und suchte den Himmel. Eine merkwürdige Bauweise, neumodisch und fremd, dachte Kopff, nicht mehr die getragene, in sich ruhende Burg mit uneinnehmbarem Gemäuer, der Klotz aus Stein und die schönen gerundeten Bögen der Fenster. Der Sträfling schüttelte sich. Die Menschen hatten komische Ideen, aber was war nicht alles komisch in diesen Tagen, die nicht mehr Stillstand, sondern Aufbruch bedeuteten? Einen Augenblick dachte er, dass er wie Klein und Wallhoff, seine Kumpel und Mörder wie er, die seit einer Stunde die ungeweihte Erde an der Gefängnishofmauer bedeckte, von aller irdischen Plackerei befreit sein könnte, hätte ihn die unerwartete Begnadigung nicht zur Sühnewallfahrt nach Compostela verdammt, doch zugleich schob er den Gedanken angewidert von sich: die grässliche Tortur des Tötens, indem man den halberstickten Körper vom Galgen abnahm, ihn der Eingeweide beraubte und zerstückelte – diesem furchtbaren Tod vor einer gaffenden Menschenmenge hätte er sich nicht aussetzen wollen.

Michael Kopff schob das unhandliche Paket, das seinen dürftigen Besitz verschnürte, dichter unter die Achseln, spuckte in den Sand und wandte sich stadtauswärts. Die Unsicherheit der Straße lag vor ihm wie ein drohender Berg, über den kein Weg führte, aber den er doch übersteigen musste. Je fester er ausschritt, je weiter er sich von den grauen Mauern des Gefängnisses entfernte, um so deutlicher offenbarte sich ihm das Los des Reisenden. Jetzt, da er nicht mehr wie ein Vagabund ziellos umherstreifen und sein Auskommen von Überfällen auf einsame Wanderer bestreiten konnte, wuchs er selbst um so mehr in die Rolle des Gefährdeten hinein, dessen Leben bedroht war. Gewiss, dass er kein reicher Mann war, sah man ihm auf Meilenweite an, jedoch wie viele reiche Kaufleute hatten sich als arme Schlucker getarnt, um unter dem Hemd den Beutel voller Silbertaler und im Futter des Mantels die Wertpapiere sicher ans Ziel ihrer Reise zu bringen.

Kopffs Erfahrung beruhte auf seiner sorgfältigen Beobachtungsgabe. Er schied die Spreu vom Weizen, erkannte versteckten Reichtum und hielt wohlhabende Reisende und wahre Habenichtse auf einen Blick auseinander. Mit Klein und Wallhoff ein Räubertrio bildend, hatte er fast ein Jahrzehnt lang die Straßen der südlichen Provinzen unsicher gemacht. Die Zahl der ausgeplünderten Passanten war nicht mehr zu zählen – und ihm vom Gericht auch nicht nachzuweisen gewesen –, bis auf den mysteriösen Fall in der Dörenschlucht, bei dem der Wagen eines reichen Kaufmanns über die Böschung in den Abgrund gestürzt war und die Insassen den Tod gefunden hatten. Dieser unbeabsichtigte Ausgang wurde den drei Strauchdieben als bis in alle Einzelheiten geplante Tat zur Last gelegt, die nur mit dem Tod gesühnt werden konnte. Der Richter, ein gottesfürchtiger Mann, dem die Wunderberichte aus Santiago nicht fremd waren, entschied, dass einer der drei mit dem Leben davonkommen und ans Grab des hl. Apostels Jakobus wallfahren solle, um von Strafe und Schande frei zu sein.

Das Los fiel auf Michael Kopff.

Das Tal der Mosel lag warm unter der Sonne. Wie in einem Becken sammelten sich die Düfte der Natur, lockten Bienen und Hummeln an. Die Vögel jubilierten, als gelte es, einen Sangeswettstreit zu gewinnen. Das Gras stand eine Elle hoch am Wegesrand. Die Welt sah friedlich aus, aber Kopff wusste, wie äußere Eindrücke täuschen konnten. Allmählich rückten die Wälder dicht an den Fluss heran, überschatteten die Straße. Buschwerk bildete Spalier, aber zugleich auch eine fast undurchdringliche Mauer. Die Verstecke für Räuber und Wegelagerer waren kaum besser als hier, und die Möglichkeiten für einen Hinterhalt boten sich zu Dutzenden an. Kopff malte sich die Gelegenheiten aus, die er mit Klein und Wallhoff ergreifen würde, wenn ihnen in diesem Gelände ein ungesicherter Kaufmannszug entgegenkäme.

Kopff hatte sich einen etwa siebzig Zoll langen Stock aus der Haselnusshecke gebrochen, die Äste bis auf die Gabelung am oberen Ende entfernt und die kleine lederne Trinkflasche an ihr befestigt. Sie baumelte nun schräg über seinem Kopf im Rhythmus der Schritte, und das Geräusch, das sie von sich gab, kam dem Wallfahrer allmählich wie ein Gang- und Zeitmaß vor: Bewegte er sich rascher, so beeilte sich auch die Uhr, ließ er es langsamer angehen, so vergrößerten sich die Pausen. Das Glucksen des Wassers wirkte beruhigend, und es ermutigte Kopff zu Zielstrebigkeit und Ausdauer.

Es ging auf Mittag zu, als ihm der ferne Geruch eines Feuers in die Nase stieg. Kopff blieb stehen und schnupperte. Der Instinkt des wegerfahrenen Galgenvogels riet ihm augenblicklich zur Vorsicht. Er trat von der Mitte der sandigen Straße in den Schatten einer weitverästelten Buche und dachte nach. Wer es wagte, inmitten einer so unübersichtlichen Landschaft ein offenes Feuer zu entfachen, das ihn Fremden gegenüber über Hunderte von Schritten verriet, musste entweder einfältig oder im Verbund der Mitreisenden stark geschützt sein. Kopff entschied sich aus Erfahrung zunächst für die zweite Möglichkeit. Im Schutz der stämmigen Bäume bewegte er sich auf Zehenspitzen vorwärts. Der Geruch des Feuers verstärkte sich, bis Kopff plötzlich das Geräusch der knisternden Flammen vernahm und zwischen dem Buschwerk an der Biegung des Flusses die Funken sprühen sah. Drei Männer saßen auf einem umgestürzten Stamm und blickten erwartungsvoll auf einen schwarzen Topf, der an einem Dreifuß über dem Feuer hing.

Kopff mutmaßte, dass ihm von den dreien keine Gefahr drohte; sie sahen nicht wie Wegelagerer aus. Allenfalls der große, breitschultrige Kerl mit dem vollen Gesicht und dem dunklen Haar konnte ihm an Kraft, jedoch nicht an Gewandtheit überlegen sein. Kopff warf das Bündel über den Rücken, damit er notfalls die Hände frei behielt, und verließ sich auf die Handschrift seines Knotenstocks. Ein Messer besaß er nicht mehr, das hatte man ihm im Gefängnis nicht wieder ausgehändigt, sonst hätte er es auch mit dem Koloss aufgenommen. Kopff schlich näher an das Feuer heran. Das Prasseln übertönte seine Schritte. Als der Fremde wie aus dem Erdboden gewachsen vor ihnen stand, sprangen die Männer erschrocken auf.

»Ha!«, lachte Kopff, die Verwirrung nutzend, »was seid ihr doch für schlaue Helden!« Er deutete auf das Feuer.

»Wenn man euch auch nicht sieht, riechen kann man's. Und nicht alle Menschen sind in diesen Tagen so friedlich gestimmt wie ich.«

»Schuft!«

Der Schneider machte einen Satz wie eine Heuschrecke und landete auf dem Rücken des Sträflings. Er umklammerte seinen Hals und drohte ihm die Luft abzuschnüren.

»Sachte, sachte, mein Lieber«, keuchte Kopff, »wer wird denn gleich so ins Geschirr gehen? Ich bin ein ehrenhafter Bürger und habe keine andere Absicht, als einen Blick in euren Kochtopf zu werfen, zu sehen, was ihr da Gutes zusammenbraut.«

Antonius Viermann rutschte vom Rücken des Mannes. Währenddessen hatte der Schmied eine drohende Haltung angenommen. »So einfach kommst du uns nicht aus, du Hallodri.« Er wollte sich auf den Fremden stürzen, aber Kretz hielt ihn zurück.

»Vielleicht ist er in Gesellschaft«, rief der Schneider und hüpfte auf den Baumstamm, um die Umgebung zu mustern.

»He, wer ist noch bei dir, du Halunke? Heraus mit der Sprache.« Franz Lauterbrunn spannte Kopffs Arme in einen Schraubstock.

»Niemand, meine Freunde«, lachte Kopff und versuchte, die Verwirrung, die er angerichtet hatte, herunterzuspielen. »Ihr seht doch, dass ich allein vor euch stehe.«

Es roch angebrannt. »Die Suppe!« Der Schneider sprang vom Baumstamm herab, ergriff ein Stück Holz und begann, die dickflüssige grüne Masse im Topf in Bewegung zu bringen. Der Schmied lockerte seine Handgriffe, Kopff atmete auf. Das hätte ins Auge gehen können, er hatte die Kraft des Kolosses unterschätzt. »Zwei Fäuste hast du, alle Achtung!«, lobte er anerkennend und rieb sich die Arme.

Die Gefährdung der Mahlzeit lockte die anderen einen Augenblick von dem ungebetenen Besucher ab.

»Antonius«, sagte der Schmied, ohne Kopff aus den Augen zu lassen, »geh und überzeuge dich, dass er die Wahrheit spricht.«

»Ich?« Der Schneider ließ das Holzstück in die Suppe fallen. »Und wenn er lügt – was kann ich gegen die Übermacht ausrichten?«

»Ich sage die Wahrheit, bestimmt! Ich bin allein«, beteuerte Kopff, und, um seine Beobachter in Sicherheit zu wiegen, warf er das Reisebündel unter einen Busch und beugte sich über den Suppentopf.

»Riecht gut«, sagte er und schnalzte mit der Zunge. Er fischte das Holz aus der Brühe und kratzte mit ihm den festgebrannten Belag von der Topfwand, während der Schneider von seinem kurzen Ausflug zurückkehrte.

»Ich habe niemanden gesehen. Er ist tatsächlich allein unterwegs.«

»Habe ich es nicht gesagt? Warum glaubt ihr mir nicht?«

»Bilde dir ja nicht ein, dass wir dich einladen, nachdem du uns die Suppe so versalzen und uns maßlos erschreckt hast.« Kretz legte dem Schmied besänftigend die Hand auf den Arm.

»Einem armen Pilger soll man ein Schälchen Suppe nicht versagen«, erwiderte Kopff und schlug die Augen nieder.

»Pilger? Ich habe mich wohl verhört?« Franz Lauterbrunn ließ die noch immer angriffsbereiten Hände sinken. »Du siehst mir nicht wie einer aus, der im Namen Gottes unterwegs ist.«

»Ich bin's auch nicht freiwillig«, lächelte Kopff. »Gestern noch dachte ich: Michael, dachte ich, jetzt geht's dir an den Kragen.« Der Sträfling tat, als legte er sich einen Strick um den Hals. »Und heute bin ich dem Gevatter Tod von der Schippe gesprungen und schnurstracks auf dem Weg nach Compostel.«

»Du?« Kretz taute aus seiner Zurückhaltung auf.

»Ja, ich bin ein sogenannter Sühnewallfahrer. Aber ich gestatte mir zu bemerken, dass sich von Reue bisher noch keine Spur bei mir zeigt.«

»So, so. Was hast du denn ausgefressen?«

»Seid nicht so neugierig, Herr Ziegenbart«, wies Kopff den Schneider lachend in seine Schranken. »Ich frage Euch ja auch nicht, was Ihr auf dem Kerbholz habt.«

»Kerbholz? Ich bin freiwillig unterwegs nach Compostel. Trage ich etwa einen Eisenring, wie ich ihn bei dir bemerkt habe?«

»Also heraus mit der Sprache«, beharrte Franz Lauterbrunn. »Wir haben ein Recht zu erfahren, mit wem wir es zu tun haben.«

»Ich bin unschuldig verurteilt worden. Der Wagen, den wir ausräubern wollten, stürzte vor lauter Schreck von selbst in den Abgrund. Pech für die Insassen. So kam ich zu Vater Philipp.«

»Ach ja, unschuldig ist unser Freund, ich habe es mir doch gedacht«, rief der Schmied. »Binde uns nur keinen Bären auf, sonst machst du bald die Bekanntschaft mit meinen Bärentötern.« Der Schmied rieb seine Hände.

Kretz zog Lauterbrunn beiseite. »Lass es gut sein, lieber Franz. Von ihm droht uns keine Gefahr. Bedenke, dass wir auf einer Pilgerfahrt sind. Wir sollten das Gebot der Nächstenliebe dabei nicht außer Acht lassen.«

»Darf man fragen, weshalb ihr ans Grab des Heiligen

pilgert?«, erkundigte sich der Strafgefangene und versuchte von sich abzulenken.

»Das ist Privatsache«, sagte der Schmied.

»Ich halte mit meinen Gründen nicht hinter dem Berg«, verkündete der Schneider wichtig. »Ich wünsche mir einen Erben, einen Jungen, der das Schneiderhandwerk erlernt und, wenn er seine Burschenjahre hinter sich hat, meine Werkstatt übernimmt. Doch leider ist meine Frau bisher unfruchtbar. Der hl. Jakobus wird Abhilfe schaffen.«

Das Gelächter der drei Zuhörer schallte durch den Wald. Der Schneider sah sie betreten an. »Was gibt's da zu lachen? Kümmert euch lieber um die Suppe, die vor sich hinkocht, statt euch auf meine Kosten zu amüsieren.«

Der Schmied verteilte die Teller. Als er vor dem Fremden stand, blieb er unschlüssig stehen. Die Helligkeit sickerte durch die Bäume und überströmte Kopffs unrasiertes Gesicht. Einen Augenblick stand er unter einem starken Sonnenstrahl wie unter einer Dusche aus Licht. Er klimperte mit den Augenlidern. »Ich glaube, ihr wart wohl etwas voreilig«, lächelte er. »Ich kann das verstehen. Mit einem Zuchthäusler zusammen reist man nicht gern. Nur keine falsche Scham. Geht ihr in frommer Absicht – ich gezwungenermaßen. So ist's recht. Jeder trägt seinen Teil.«

Einige Atemzüge lang war es still. Niemand sprach oder getraute sich etwas zu sagen. Kopffs Worte passten nicht in die verhallte Ausgelassenheit. Bevor Kretz die Lage begriff, hatte der Strafgefangene sein Bündel aufgenommen und den Haselnussstock ergriffen. Wortlos ging er durch den Wald davon.

»Wir hätten ihn nicht so ziehen lassen dürfen«, sagte Kretz tonlos. »Nicht so plötzlich. Wenigstens einen Napf Suppe hätten wir ihm anbieten müssen.«

Der Schneider warf ein Stück Holz in das heruntergebrannte Feuer. »Los, schenk aus«, forderte er den Schmied auf.

Kretz starrte in die Richtung, in die der Sühnewallfahrer verschwunden war. »Er hat uns zwar erschreckt, aber ein grundübler Bursche ist er nicht. Denk daran, Franz, was ich dir von der Nächstenliebe gesagt habe.«

Lauterbrunn stellte die Teller ab und formte seine großen Hände zu einem Trichter. »Hee, Miiichel!!! Die Erbsensuppe! Du hast vergessen, deinen Teller Suppe zu essen!«

Nach einer Weile belebten sich die Büsche, es raschelte, und das Galgenvogelgesicht Michael Kopffs tauchte wieder auf. »Recht habt ihr. Mein Aufbruch war wieder

einmal zu stürmisch. Ja, die Suppe nehme ich gern an. Und eure Kameradschaft dazu.«

Die vier sahen sich an und lachten. Sie wussten mit einem Male, dass sie zusammenbleiben und gemeinsam nach Spanien ziehen würden. Freiwillig oder unter Zwang – der Weg war gleich lang, das Ziel gleich weit. Doch diese Annahme sollte sich als großer Irrtum erweisen …

Auf dem Wege nach Süden

Der andere heißt der Monte Christein:
der Pfortenberg mag wohl sein Bruder sein,
sie sein einander fast gleiche;
und welcher Bruder darüber geht,
verdient das Himmelreiche.

Der vierte heißt der Ravenel,
darüber laufen die Brüder und Schwestern schnell.
Der fünfte heißt ihn Alle Farbe:
da leit viel manches Biedermanns Kind
aus deutschem Land begraben.

Ihre Stäbe klopften unregelmäßig den Sand des Weges, der bei Regen nass und breiig die Schritte erschwerte, bei Sonne und trockener Luft bis zu den Knien aufwölkte. Sie sprachen oft eine Stunde lang kein Wort, warfen sich fragende Blicke zu, wenn sie an einer Wegkreuzung angelangt waren und die Schrift nicht entziffern konnten, die die Richtung zu den unbekannten Orten des Südens wies. Die Sonne war jetzt meist ein verlässlicher Partner. Bei verhangenem Himmel stellten sie fest, woher die Winde kamen und wohin sie bliesen, und in den wolkenklaren Nächten leuchteten ihnen die unumstößlichen Zeichen des Himmels mit ihrem magischen Sternenzauber. Dann stellten sie oft ihre Stäbe aneinander, warfen ein Tuch oder ihre Mäntel darüber und errichteten einen Schutz für den Schlaf. Doch das schönste Zelt baute der Himmel für sie, fast jeden Abend zündete er abertausende Lampen an und erhellte ihnen das Herz. Dann lagen sie oft schlaflos nebeneinander, entspannt, in vollkommener Ruhe des Herzens und blickten ergriffen in die Höhe. Gottes Schöpfung zog an ihnen vorbei, und sie ahnten und spürten die Weite des Alls.

Nichts hatte den Anschein von Dauer in ihrem Leben, weder die Unterkunft für die Nacht, noch der Platz, auf dem sie in der Mittagszeit lagerten, alles war flüchtig und Übergang. Sie schliefen gegürtet, abrufbereit wie die Israeliten beim Auszug aus Ägypten. Ihre Sandalen standen am Eingang der Unterkunft, wo immer sie sich befand. Zweimal hatte ihnen zähnefletschend ein Hund den Weg verstellt, als sie ein kleines Dorf bei Gorze* durchquerten. Die eigenartige Gewandung der Pilger, ihre struppige, staubige Erscheinung passten nicht ins gewohnte Ortsbild und nicht in die Vorstellungskraft dieses Tieres. Da tat der Baculus, der Knotenstock, seine Dienste. Franz Lauterbrunn briet dem ersten Hund eins über, dass man seine Knochen knacken hörte; das jaulende Gebell ging in ein ersterbendes Winseln über. Der zweite Straßenköter machte sich beim Anblick von Kopffs in der Luft singenden Haselnussstabes rechtzeitig aus dem Staube, bevor ihn die geschärfte Spitze in die Flanken traf. In den Schluchten der Pyrenäen trieben hungrige Wölfe ihr schreckliches Unwesen, wie ein abgewetzter, zerlumpter Pilger, der sich auf dem Rückmarsch in seine flandrische Heimat befand, zeichenreich demonstrierte und dabei auf seinen linken Armstumpf verwies, der blutverkrustet und deutlich angeschwollen die Symptome der St.-Marcellus-Krankheit, des Wundbrands, trug.

* das heutige Metz

Der Stab, so sagten die Frommen, symbolisiere eine Art dritten Fuß und somit den Glauben an die Trinität. Er sei ein »geistliches Schwert«, das den Weg zum Himmel von Ablenkungen und Hindernissen befreie. Mehr leuchtete den Freunden freilich die Bedeutung als Waffe ein, wenn man von den Schrecknissen des irdischen Weges hörte, von Überfällen und Betrügereien, von über die Ufer getretenen Flüssen, wo man mit Hilfe des langen Steckens gegen die reißenden Wasser kämpfte und gegen die glitschigen Hänge, die sich nicht besteigen lassen wollten. Kretz würdigte den Pilgerstab auf seine Weise, erinnerte er ihn doch an den biegsamen Stangenbaum, mit dem er daheim den Strom bezwang und den Kahn gegen Strömung und Strudel sicher zum anderen Ufer leitete.

Es war ein eigenartiges Volk unterwegs, das streckenweise mit ihnen zog, sich mit anderen Gruppen vermischte, die Gemeinschaft wieder verließ. Vor allem im Bereich der größeren Städte versuchte ein jeder möglichst als erster an der Stadtmauer anzukommen, wo sich in vielen Fällen das Hospiz befand oder die Kapelle der Aussätzigen, an der man den armen Teufeln, den Leprösen und Blatternkranken, nach einem empfehlenden Gebet zum hl. Lazarus und zur hl. Magdalena die Kommunion durch ein Fenster im Kirchlein reichte. Hinein in das Gotteshaus durften sie nicht, und zuweilen schob man auch die verdreckten und sich wild gebärdenden Pilger wieder hinaus, wenn sie sich in den Bankreihen niederließen, um zu verschnaufen, oder wenn sie eine Andacht zu Ehren des hl. Apostels Jakobus verrichten wollten.

Kretz hatte meist kein Glück, als erster durchs Ziel zu gehen. Sein verkrüppelter rechter Fuß hinderte ihn, einen bequemen Platz am Kamin der Herberge zu erwischen oder ein sauberes Bett in einer hinteren Ecke eines Hospizes. Er drängte die Freunde, vorauszueilen und Quartier zu machen, er werde so schnell wie möglich nachkommen. Darauf jedoch gingen die drei anderen nicht ein. Was sie unternähmen, das geschehe gemeinsam, sie ließen keinen im Stich, das sei beschlossen und müsse so bleiben. Antonius Viermann, der Schneider, hätte gute Aussicht gehabt, zu den ersten am Tagesziel zu gehören. Er war flink, drängte sich auf seinen spindeldürren Beinen durch die Menge oder an ihr vorbei und hatte dem behäbigen, gutmütigen Schmied und dem Sühnewallfahrer Michael Kopff die Schnelligkeit voraus. Dem Michel fehlte meist ohnehin der Antrieb. Er wallfahrtete nicht aus Passion, noch aus Überzeugung. Er betrachtete die Tagesstrecken als den abzuleistenden Teil einer Strafe, zu der er verurteilt war. Kretz erkannte, dass der, dem es an Schwung und geistigem Fernweh mangelte, sich schwer tat, sein Ziel zu erreichen.

»E ultrëia! Es sus ëia Deus äia nos!« – Dieses Wort hatte Kretz bei anderen nach Süden drängenden Pilgern aufgeschnappt, und er rief es nach jeder Rast: »Los! Auf geht's! Gott steh uns bei!«

Wer war nicht mit ihnen unterwegs ... Wahre Völkerscharen zogen auf heißen, staubigen Wegen und regennassen Straßen. Isländer, Norddeutsche, Holländer, Belgier und Franzosen, ja, Menschen aus dem fernen Polen und dem sagenhaften Russland, den baltischen Ländern und dem entlegenen Norden strömten in einem wahren Rausch der Buße über die französischen Pilgerwege. Ihre Herzen schäumten über vor Sehnsucht nach Lauterkeit, nach Reinheit. Sie wollten die Schwere abschütteln, die auf ihnen lag, die Sünde, die sich ihrer bemächtigt hatte. Die Beichte in der heimischen Kirche war nicht genug, der Beichtort gab nicht die Zufriedenheit, nicht die Seelenruhe, die eine Pilgerfahrt versprach. Am Ende der Welt, dort, wo die keltische Straße in den Wellen des Meeres versandete und das Nirgends anfing, das Reich der unerforschten See, dort wollten sie ihre Last abladen zu Füßen des hl. Jakobus, des Apostels, dessen Leichnam in einem von Engeln gesteuerten Boot über das Meer nach Galicien gesegelt war.

Es gab die verschiedensten Begründungen für diese Reise ans Grab des Heiligen, nach Compostel. Ehemalige Gefangene dankten für die Befreiung aus der Hand des Feindes, Matrosen huldigten St. Jakob, weil sie durch seine Fürsprache aus Seenot gerettet worden waren. Ein Krieger erfüllte sein Gelübde, das er für den Fall eines Sieges über seinen grimmigsten Feind getan hatte. Die erste weite Reise einer von unheilbarer Krankheit genesenden Frau führte nach Santiago. Einem Bauern aus Besançon war endlich ein Erbe beschieden worden – ein Grund, St. Jakob seine Aufwartung zu machen. Kopff entdeckte unter ihnen Delinquenten, die wie er einen eisernen Ring um Fuß- oder Handgelenk trugen und sich widerstrebend, aber doch mit einer gewissen Neugier, der Prozedur der Wallfahrt unterzogen.

»Der Herrgott hat einen recht bunten Tiergarten«, bemerkte Franz Lauterbrunn, als sie an einem milden Frühlingsnachmittag an einer Gruppe rastender Pilger aus Cambrai vorüberzogen.

»Du vergisst, dass du selbst zu diesem Tiergarten gehörst und nicht des lieben Gottes beste Schöpfung darstellst«, erwiderte Antonius Viermann und ließ sein meckerndes Lachen hören.

Der Schmied überhörte die boshafte Anspielung, denn er versuchte in den Gesichtern der Frauen und Männer zu lesen, die abgespannt in dem niedergetretenen Gras lagen, die Beine ausgestreckt, die Fersen und Waden reibend. Einer verband sich die offene Wunde, ein anderer erneuerte die Fußwickel, ein dritter schlief, den Kopf auf den Knien, und seufzte im Traum. Bärtige Gesichter blickten ihn an, hohlwangige, ausgezehrte, großäugige, verkniffene, hinterhältige, leidende, zufriedene, gutmütige Gesichter. Ein Einäugiger war darunter, die schwarze Binde verdeckte ein Stück Wange und Stirn, zwei Glatzköpfe und drei Männer, die den Barbier wahrscheinlich nur vom Hörensagen kannten – so verwildert sahen sie aus. Gelehrte waren unter ihnen, die das fremde Spanien erkunden, aber auch das Verhalten der Menschen auf einer so weiten Reise studieren wollten; Abenteurer, die in der Ferne ihre Glück witterten, echte Büßer, die unentwegt Gebete murmelten und dem Himmel die Gnade des ewigen Lebens abtrotzten, sowie Kranke, die auf Genesung hofften. Epileptiker zogen zuweilen die Aufmerksamkeit auf sich oder Tobsüchtige, deren Krankheit die Ärzte am hämmernden Puls und hellen Urin zu erkennen meinten.

In Toul hatte das Vierergespann gar einen Vergebungsbitter kennen gelernt, einen »quereur de pardons«, der im Auftrag anderer Menschen für eine bestimmte Geldsumme nach Compostela ging, um deren Anliegen und Bitten dem hl. Jakobus vorzutragen.

Bis auf die Sühnewallfahrer, deren Antrieb eher passiv war, weil sie zur Pilgerschaft gezwungenermaßen aufgebrochen waren, trieb es die anderen geradezu dem fernen Ziel entgegen. Ja, manchmal entwickelten sie eine hektische Unruhe und fiebrige Hast. Ein Tag der Schonung, eine längere Rast erschien ihnen als unvereinbar mit ihrer Aufgabe und eher verwerflich. Ein Wort des hl. Augustinus machte die Runde: »Am Tage, da du sprichst: Das genügt! bist du schon tot. Immer dazu, immer voran, immer weiter. Bleib nicht auf dem Wege stehen, geh nicht zurück, verlasse nicht die Bahn. Wer nicht weitergeht, tritt auf der Stelle.« Der dunkle Streifen am Horizont, der Bergrücken, den sie nicht überblicken konnten, der Waldsaum, hinter dem sie eine neue Offenbarung vermuteten, die Silberspur des von der Schneeschmelze geschwollenen Flusses, die sich in der Ferne verlor, lockten sie weiter, drängten sie auf den Pilgerweg in die erbarmungslose Ungewissheit des Zieles. Neugierde, Verlangen, Sehnen, stilles Hoffen, scheues Wissen, tastendes Verstehen, das Bedürfnis der Natur, sich mit dem Übernatürlichen zu vereinen – die Seele des Menschen, die zum Aufbruch drängt, zum Flug aus der stickigen Erde in die reine Unbeschwertheit des Himmels, wird aus vielen Quellen gespeist.

Vézelay entpuppte sich als ein Ort, an dem sich Pilger aus Deutschland und nordischen Ländern sammelten. Sie benutzten die Niederstraße, um ihrem Ziel näher zu kommen. Andere gingen von Trier über Gorze schnurstracks nach Süden, um sich in Chalon-sur-Saône mit den Wallfahrern, die von Straßburg, Basel, Genf und Besançon über die Oberstraße hergezogen kamen, zu vereinen. Für sie war Arles ein markanter Treffpunkt. Sie wallfahrteten zunächst durch das Rhônetal, dann über Montpellier, Toulouse auf den Somport-Pass zu. Oder aber sie bogen bereits in Valence nach Le Puy ab, wo die Kirche Nôtre Dame ein beliebter Sammelpunkt für die Pilgerfahrt über Aubrac, Sainte-Foy in Conques und Sainte-Pierre in Moissac nach Ostabat war. Pilger aus Dünkirchen, Boulogne, Tournai, aber auch aus dem Aachener und Lütticher Raum marschierten auf Paris zu, wo sich die

Klosterkirche des hl. Dionysius auf der Ile-de-France zur Keimzelle der Kathedralbaukunst entwickelt hatte. Die Grabeskirche der Könige von Frankreich schien vielen Pilgern der Inbegriff aller Schönheit zu sein. Sie wussten zwar kaum etwas von dem geistigen Zentrum, das sich hier zu entfalten begonnen hatte und das über ganz Europa seine Impulse und Ideen ausgoss, doch sie bestaunten die Schönheit der Basilika mit ihren himmelstrebenden Pfeilern und Bögen, mit den durchbrochenen Mauern und verzierten Türmchen, durch die das Licht auf langen bunten Bahnen hereinflutete wie in einen überirdischen Raum, und sie ahnten, dass hier ein Abbild des himmlischen Jerusalem im Entstehen war, ein Thronsaal Gottes in Glanz und Herrlichkeit.

Von Paris bewegte sich der Wallfahrtsstrom nach Tours zum Grab des hl. Bischofs Martin, der als römischer Soldat im 4. Jahrhundert den Mantel mit dem frierenden Bettler geteilt hatte. Manche scheuten nicht den Umweg über Chartres, weil das Geheimnis des dortigen Gotteshauses seinem Ruf als lebendige Himmelsstadt vorausgeeilt war. Mehr aber als dieses Bauwerk lockte sie in Orléans die wahre Kreuzesreliquie und der Kelch des hl. Bischofs und Bekenners Evurtius in der Heiligkreuzkirche. Dort erzählten die Menschen die Legende von der »wundersamen Hand«.

Als der fromme Bischof, der im 4. Jahrhundert lebte, einmal die hl. Messe feierte, erschien über dem Altar die rechte Hand Christi, so dass alle Anwesenden sie sahen. Die Hand vollzog alle Bewegungen, die der Bischof tat. Machte er über Brot und Wein das Zeichen des Kreuzes, so tat die Hand es ebenso, und bei der Wandlung, als der Oberhirte Brot und Kelch dem Volk zeigte, erhob auch die mysteriöse Hand Brot und Kelch. Nach der Messfeier aber verschwand sie so geheimnisvoll, wie sie erschienen war. Daraus zogen die Leute den Schluss: Den Leib und das Blut Christi opfert nicht der Mensch an Christi Statt, sondern der Sohn Gottes selbst, der bei der heiligen Handlung leibhaftig zugegen ist.

Einige schwärmten vom herrlichen Reliquienschrein des hl. Martin in Tours, der mit Gold, Silber und Edelsteinen besetzt und wegen vieler Wunder berühmt war. Hatte der heilige Bischof und Bekenner schon zu Lebzeiten drei Tote wunderbar zum Leben erweckt, Aussätzige, Epileptiker, Mondsüchtige, Besessene und andere Kranke geheilt, so geschahen selbst jetzt in seiner nach der Kirche des hl. Jakobus in Compostela erbauten Basilika unerklärliche Wunder: Blinde wurden sehend, Lahme richteten sich auf, Besessene stießen keine Verwünschungen mehr aus gegen Gott.

Franz Lauterbrunn wäre gern nach Tours gewallfahrtet, seinem Patenonkel zuliebe, der Martin hieß. Michael Kopff jedoch, dem jeder Schritt zuviel war, riet von dem Umweg ab, der sie wenigstens zehn Tage zusätzliche Zeit gekostet hätte. Außerdem könne man Kretz, wie er sagte, diese Wahnidee eines hirnrissigen Betbruders nicht zumuten – seines lahmen Fußes wegen.

Kretz, der sofort hellhörig wurde, wenn die Rede auf seine Gliedmaßen kam, meinte, vielleicht könne St. Martin den verkrüppelten Fuß heilen, so dass ihm die weitere Pilgerreise leichter vonstatten gehe und sie alle zusammen abends rascher in die Quartiere und eher nach Compostela gelangten, allein, dieses Argument war den Mitpilgern, zu denen sich inzwischen noch einige Wallfahrer aus dem Oberhessischen und Mainfränkischen gesellt hatten, denn doch nicht stichhaltig genug. Der hl. Martin tue sich bei der Bestimmung der Personen, die auf seine

Fürsprache von Gott geheilt würden, recht schwer, und Kretz gehöre gewiss nicht zum engeren Kreis der Auserwählten. Kretz zweifelte nicht an Gottes Güte und Erbarmen und nahm den hl. Martin in Schutz, wodurch er sich in den Augen der anderen wiederum in die Nähe der Wundersüchtigen stellte. Einer der neuen Pilger, Paul Lenger aus Fritzlar, ein Tuchfärber mit bläulichen Händen und Unterarmen, hatte von einem Wallfahrer von einigen merkwürdigen Ereignissen am Pilgerweg zwischen Tours und Ostabat, an der »Via Turonensis« gehört. So ruhe in Poitiers der Leichnam des hl. Bischofs Hilarius, der im 5. Jahrhundert gegen den Häretiker Leo einen Disput entfachte. Seine Stimme, so erzählte man sich, habe die Schlösser an den Flügeltüren des Konzilsraumes gesprengt, so mächtig sei sie gewesen. Weil der Bischof während des Konzils zu Mailand infolge der langen Streitgespräche nicht mehr habe stehen können, habe sich der Boden erhoben und ihm eine Sitzfläche angeboten. Sein Gegenspieler Leo, nicht bereit, die Schriften anzunehmen, sei an Durchfall auf den Latrinen gestorben.

Paul Lenger hatte mit seinen Erzählungen kein Glück, niemand wollte den Umweg mit Lauterbrunn und Kretz einschlagen. Auch das Haupt Johannes des Täufers in Angély, das fromme Männer einst aus Jerusalem ins Land der Poiteviner gebracht hatten, diente nicht dazu, Sensationslust zu entfachen, und so blieb man auf dem einmal eingeschlagenen Weg, auf der »Via Lemovicensis«, die von Vézelay über Nevers, Saint-Léonhard, Limoges und Périgueux nach Ostabat führte.

Von Sta. Maria Magdalena und St. Leonhard

Der König von Hispanien der führt ein Kron:
er hat gebauet drei Spital gar schon
in St. Jakobs Ehren:
und welcher Bruder darein kommt,
man beweist ihm Zucht und Ehre.

Es war dem Spitalmeister nit genehm
vielen Brüdern hat er genommen das Leben.
Gott, lass nit ungerochen!
Zu Burges ward er an ein Kreuz geheft,
mit scharfen Pfeilen durchstochen.

Ein Mann brach von Vézelay zur Wallfahrt nach St. Jakob auf. Er war ohne Geld und schämte sich zu betteln. Als er unter einem Baum ausruhte, träumte ihm, der Apostel gebe ihm zu essen. Da erwachte der Pilger und siehe, zu Häupten fand er ein Brot, das in Asche gebacken war. Er lebte von dieser Speise 15 Tage. Jeden Tag aß er zweimal von dem Brot, bis er satt war, und doch fand er es anderntags wieder ganz in seiner Tasche – bis er gesund zu Hause ankam …

Es waren nicht viele deutsche Pilger in Vézelay. Die meisten zogen mit den Burgundern nach Le Puy, zum Grab der hl. Jungfrau und Märtyrerin Fides. Warum Kretz und seine Freunde nicht mit ihnen gegangen waren, lag einzig in ihrem Wunsch, sich den Massen, die unterwegs waren, nicht anschließen zu müssen. Kleinere Gruppen hatten zudem größere Chancen, Almosen zu erhalten und ein halbwegs gutes Bett zu erwischen. So besuchten sie zunächst die Reliquien der hl. Maria Magdalena in Vézelay, was Kopff zu der Bemerkung verleiten ließ, er hätte die Dame lieber zu Lebzeiten kennen gelernt, sie müsse wohl sehr schön und sehr sündig gewesen sein.

»Sie hat viel gebüßt«, erwiderte der Sohler Hans, einer der mainfränkischen Pilger. Er kannte sich in der Bibel gut aus, denn er war zwei Jahre Klosterschüler in Fulda bei den Benediktinern gewesen, hatte seine Studien dann jedoch wegen des plötzlichen Todes seines Vaters abbrechen müssen, um seine sechs jüngeren Geschwister versorgen zu helfen.

»Und was tu ich, he?«, rief der Sträfling und hob die Hand mit dem Eisenring.

»Solange du nicht bereust, Michel, solange ist deine Buße nur Spreu. Maria Magdalena hat bereut. Im Haus des aussätzigen Simon benetzte sie die Füße Jesu mit Tränen, trocknete sie mit ihren Haaren, küsste sie und rieb sie mit kostbarem Balsam ein. Ihr wurden viele Sünden vergeben.«

»Schnickschnack«, brummte Kopff, weil er eine echte Antwort schuldig bleiben musste.

Ein Kanoniker der Kirche erklärte ihnen radebrechend die weitere Lebensgeschichte der Heiligen, deren sterbliche Hülle in der Basilika Sainte Madelaine ruhte. Nach der Himmelfahrt Christi verließ Maria Magdalena Jerusalem in Begleitung des hl. Maximinus und weiterer Jünger des Herrn. Auf dem Seeweg gelangte sie zunächst nach Marseille und dann in die Provence, wo sie dreißig Jahre an einem unwirtlichen Ort zurückgezogen und unerkannt lebte und starb. Der inzwischen zum Bischof ernannte Maximinus bestattete sie in Aix. Der edle Mönch Badilo übertrug Jahre später die kostbaren Reliquien nach Vézelay.

Der Kanoniker schmückte die Lebensgeschichte der Heiligen mit schönsten Worten aus: Dass sie schon auf Erden in der Einöde ihrer selbstgewählten Wüste mit den Engeln des Himmels in Verbindung trat, die sie zu den sieben Gebetsstunden in die Lüfte entrückten, wo sie mit den Gesängen der himmlischen Heerscharen gespeist wurde; dass sie gebärenden Müttern beistand und selbst Frauen, die bei der Geburt ihrer Kinder gestorben waren, das Leben auf wundersame Weise wiedergab; dass nach dem Tode Maria Magdalenas an den Stufen des Altares die Kirche sieben Tage lang von süßem Duft erfüllt war, den jedermann wahrnahm, der das Gotteshaus betrat. Von diesen und anderen Dingen berichtete der Kanonikus, und die Pilger, selbst Michael Kopff, standen und staunten.

Ein Blinder befand sich in Begleitung auf dem Weg nach Vézelay, um das Grab Maria Magdalenas aufzusuchen. Als sie in der Nähe des Klosters angekommen waren, sagte der Führer, dass er die Kirche schon sehe. Worauf der Blinde mit lauter Stimme flehte: »Ach, heilige Maria Magdalena, des Lazarus und der Martha Schwester, wenn es doch auch mir vergönnt wäre, deine Kirche zu sehen.« Worauf ihm die Augen aufgetan waren.

Ein Mann schrieb seine Sünden auf einen Zettel und schob ihn unter das Altartuch in Sainte Madelaine. Er betete ohne Unterlass und bat Gott um Verzeihung für seine Schuld. Alsbald, als er den Zettel zur Hand nahm, fand er keine Spur seiner Schrift.

Ein Ritter, der alle Jahre das Grab Maria Magdalenas besucht hatte, erlitt seinen Tod im Streit. Da kamen seine

Freunde und klagten, dass er ohne Beichte und Kommunion habe sterben müssen. Als er nun auf der Bahre lag, erhob sich der Tote, dass alle erschraken, und bat, man möge zu einem Priester schicken. Dieser hörte die Beichte, reichte dem Ritter die Wegzehrung, worauf sich dieser abermals niederlegte und verschied.

Diesen Ort, der von Engeln erwählt war, betraten die Pilger mit ehrfürchtigem Staunen. Man sagte ihnen auch, dass der große St. Bernhard von Clairvaux hier zum Kreuzzug aufgerufen, und ein heiligmäßiger Mönch, Franziskus aus Umbrien, eine Niederlassung gleichgesinnter frommer Männer gegründet habe, die erste auf dem Boden dieses Reiches. Dieser Franziskus sei ein Vorbild an Einfachheit gewesen, der gar dem hohen Herrn Papst widersprochen und ihm das Bild einer reformierten Kirche aufgezeichnet habe.

Die Basilika ist ein Wunderwerk der Baukunst, immer wieder verändert und erweitert, um die zahllosen Pilgerscharen aufzunehmen. Die Kameraden standen ergriffen vor dem Tympanon des Hauptportals, das die Aussendung der Apostel zeigt und die Ausgießung des Hl. Geistes an Pfingsten. Die Völker der Erde drängten sich im Halbrund um den erhöhten, überlebensgroßen Christus. Aber auch der Tod hat in das Haus Gottes Einzug gehalten, als am Vorabend des Festes der hl. Maria Magdalena, am 21. Juli 1120, Feuer ausbrach und mehr als tausend Beter verschlang. Die Pilger schickten ein Stoßgebet für die Verstorbenen zum Himmel. Antonius Viermann fragte den Kanoniker, warum Gott in seinem Hause ein so großes Unglück zulasse, aber das Schweigen des Geistlichen deutete die Ratlosigkeit an, in die Gott seine Geschöpfe zuweilen versetzt, und das Rätsel, das er ihnen in seiner Unergründlichkeit durch alle Jahrhunderte bedeutet.

Dafür verströmte die Landschaft ringsum Trost und Harmonie. Die Abteikirche schien ihr geradezu entwachsen zu sein in ihren Proportionen und Formen. Sanft und mild war dieses Land, grün und weit mit lieblichen Hügeln und anmutigen Bergen. Die Tage waren so klar wie die Nächte, Helle und Dunkelheit wechselten ohne Kampf, sie waren Geschwister, die die Schritte der Pilger begleiteten auf dem Weg nach Süden über Nevers und Saint-Amand nach Saint-Léonard. Dort wirkte vor Zeiten der hl. Bekenner Leonhard, der einem hochadeligen fränkischen Geschlecht entstammte, von Bischof Remigius in Reims aus der Taufe gehoben wurde, aber allen Reichtums entsagte und ein weltabgewandtes Leben als Einsiedler führte. Er war ein Freund der Gefangenen. Die im Kerker seinen Namen anriefen, denen zersprangen alsbald die Fesseln, und sie gingen ungehindert davon. Sie kamen und brachten die Ketten, blieben bei ihm und dienten Gott. Auch reiche Familien gesellten sich zu ihm, nachdem sie alles Gut den Armen gegeben hatten.

Als Leonhard gestorben war, ward den Klerikern seiner Kirche geoffenbart, dass sie den Leichnam dort bestatten sollten, wo es der Himmel ihnen anzeige. Das Volk fastete und betete drei Tage lang, und als die Menschen aufsahen, war Schnee gefallen, nur nicht an dem Ort, an dem der Heilige seine letzte Ruhestätte finden sollte. Auf die Fürsprache St. Leonhards wurden viele Gefangene, die unschuldig im Gefängnis saßen, frei. Der Graf von Limoges hatte eine große Kette anfertigen lassen, die an einer Stange auf seinem Turm aufgehängt war. An diese Kette ließ er Bösewichte und Räuber anbinden, und sie waren den Unbilden des Wetters ausgesetzt bei Tag und Nacht. Einmal war ein Knecht St. Leonhards unschuldig an diese Kette gebunden. Als er den Tod nahe fühlte, bat er den

Heiligen inständig, er möge seinem treuen Diener zur Hilfe kommen. Da erschien ihm St. Leonhard und sagte: »Fürchte dich nicht, denn du sollst nicht sterben. Stehe auf und trage deine Kette zu meiner Kirche.« So geschah es. Der hl. Leonhard ging vor dem Diener her bis zu dem Gotteshaus und war dann verschwunden. Der treue Knecht aber hing die Kette auf an St. Leonhards Grab, und viele Gefangene taten es ihm nach. So sind deren Fesseln zu Tausenden in der Basilika zu sehen. Es hängen dort eiserne Handfesseln, Halseisen, Fußeisen, Fußfesseln, Brechstangen, Joche, Helme und Sicheln sowie verschiedene Instrumente, von denen der mächtige Bekenner Christi die Gefangenen erlöste.

Michael Kopff stand in einiger Verlegenheit vor den Folterwerkzeugen. Zum erstenmal schien er betroffen und nachdenklich. Sollte es denn sein, fragte er sich, dass es tatsächlich Wunder gibt auf diesem Wege, dass ich mein Denken ändern und ein bußfertiger Wallfahrer werden muss, um die wahre Gnade der Freiheit zu erfahren? Und er kniete nieder nach langen Jahren des inneren Trotzes und der Verbitterung und stammelte ein Gebet aus Kindertagen. Die anderen sahen, dass St. Leonhard das Herz ihres Mitpilgers angerührt hatte. Keiner redete und fragte, niemand hatte einen spöttischen Vers auf den Lippen, als sie den Sühnewallfahrer auf den Knien erblickten, und Kopff war ihnen dankbar dafür. Er erbot sich freiwillig, für das Mittagessen der Gruppe zu sorgen, indem er ins nächste Dorf vorauseilte und um Almosen und Zutaten bat, um ein wenig Honig, Hirse und Schweinefleisch.

Die Sorge um den täglichen Proviant blieb auf der ganzen Reise. Es gab Menschen, die freiwillig und gern von dem wenigen gaben, das sie besaßen. Sie teilten, weil es ihre Christenpflicht war und weil ihnen in jedem der müde und erschöpft daherkommenden Pilger der notleidende Christus begegnete. »Wer euch aufnimmt, der nimmt mich auf.« Dieses Wort des Herrn hatte sich ihnen tief ins Herz geprägt. Freilich gab es auch geizige Menschen, die die Türen verriegelten, wenn eine Schar Pilger in den Ort kam und um milde Gaben bat. Jene traf nicht nur der Fluch der Wallfahrer, sondern manchmal auch der Zorn des hl. Jakobus selbst. So berichtete man, dass in Nantua, einer Stadt zwischen Genf und Lyon, ein Weber dem Wallfahrer Brot verweigerte. Plötzlich sei der Webstoff, an dem er gerade arbeitete, wie von unsichtbarer Hand in der Mitte entzwei gerissen und zu Boden gefallen. In Villeneuve verwandelte sich das verweigerte Brot einer hartherzigen Frau vor ihren Augen in Stein. Reumütig eilte sie dem abgewiesenen Mann nach, aber er war ihren Blicken entschwunden. War es Christus selbst gewesen, der um eine Wegzehrung gebeten hatten …?

Oft ließen sich die Händler die Ware teuer bezahlen. Oder die Kaufleute fälschten Gewichte und Maße. Geldwechsler verlangten für fremde Währung einen überhöhten Betrag oder gaben das Wechselgeld falsch heraus. Wirte stellten halbverdorbenes Essen auf den Tisch oder verwässerten den Wein. Zweifelhafte Frauen lockten Pilger in ihr Haus. Missstände und Gaunereien waren an der Tagesordnung. Selbst Ärzte, die die Kranken versorgten, scheuten sich nicht, Medizin mit schlechten Zutaten zu versehen, Latwerge, Sirup und andere Mittel mit guten Substanzen zu vermengen und als hochwertige Heilmittel auszugeben. Die Gewürzkrämer befeuchteten Pfeffer mit Wasser, um ein höheres Gewicht zu erzielen. Ingwerkörner vermischten sie mit schwarzem Sand oder gaben dem Weihrauch Tannen- und Pinienharz bei. Zöllner forderten einen ungerechten Tribut, Tuchhändler maßen mit falscher Elle, Gemüseverkäufer mengten faule Früchte unter die reifen.

Viele Pilger gingen den Betrügern auf den Leim, bei Michael Kopff jedoch kamen sie an den Falschen. Er zeterte nicht nur, wenn er eine Gaunerei aufdeckte, er schwang auch seinen Pilgerstab oder teilte mit Franz Lauterbrunn, dem Schmied, ein paar deftige Schläge aus. Die anderen waren froh, sich auf die beiden verlassen zu können, denn so entgingen sie manchem Anschlag auf ihren schmalen Geldbeutel.

Das Laterankonzil von 1123 unter Papst Calixt II. drohte den Schurken zwar die Exkommunikation an, die spanischen Könige stellten Schutzbriefe aus und versuchten, die Rechte der Pilger auf manche Weise zu wahren, doch Übergriffe und Gesetzesverstöße konnten nie ganz ausgemerzt werden.

Zwischenfall in der Herberge

Der König der was ein
Biedermann:
die Pilgramkleider legt er sich an,
sein Spital wollt er beschauen:
was ihm die deutschen Brüder sagten,
das wollt er nit gelauben.

Da ging er in das Spital ein.
Er hieß ihm bringen Brot und Wein;
die Supp die was nit reine:
»Spittelmeister, lieber Spittelmeister mein,
die Brot seind viel zu kleine!«

Am Abend, nachdem die Pilger in der Stadt Périgueux am Sarg des hl. Bekenners Fronto gebetet hatten, suchten sie nach einer Bleibe für die Nacht, konnten jedoch keine finden, da alle Herbergen überfüllt waren. Schließlich gelangten sie vor dem Stadttor zu einem Haus, in das niemand von ihnen bei Tage einen Fuß gesetzt hätte, so verwahrlost und herabgewirtschaftet sah es aus. Da die Dunkelheit mit Riesenschritten über das Land hereinbrach, sie wegen der streunenden Wölfe jedoch nicht auf freiem Feld übernachten wollte, entschloss sich die Gruppe, in der Herberge zu bleiben.

»Bevor wir hier draußen ein Fraß für hungrige Wölfe werden, lasst uns hineingehen. Vielleicht finden wir einen Platz auf der Ofenbank«, schlug der Sohler Hans vor.

Kretz fragte die Wirtin, die mit schmutzigen Händen hinter dem Schanktisch die Gläser putzte, in der Zeichensprache, ob sie willkommen seien, was diese bejahte. Zugleich aber schrieb sie mit dem Finger einige Zahlen in den Staub der Tischplatte.

»Was zum Henker, wir wollen die Schenke nicht kaufen«, entrüstete sich der Schneider. »Wir erbitten nur Quartier für eine Nacht.«

Die Wirtin lachte auf, wobei sie eine breite Zahnlücke sehen ließ, denn in diesem Augenblick hörte man in der Nähe des Hauses das heulende Gebell eines Wolfes.

»Die Herrschaften da draußen scheinen recht hungrig zu sein«, bemerkte Franz Lauterbrunn, »machen wir gute Miene zum bösen Spiel.« Er griff in ein Ledersäckchen und holte ein paar Münzen hervor. »Für den Wucherpreis verlangen wir aber zusätzlich ein exzellentes Abendessen, Madame. Mein Magen knurrt fast so fürchterlich wie das greuliche Tier dort draußen.«

Die Frau griff gierig nach dem Geld, besah es unter dem flackernden Kienspan und steckte es schweigend in ihre schmierige Schürzentasche. Der Raum lag im Halbdunkel. Die Wirtin entzündete eine rußende Kerze und stellte sie auf einen der Gästetische. Die Männer ließen sich erschöpft nieder, streckten die Beine weit von sich.

»Wein!«, rief Michael Kopff, »eine große Karaffe für uns alle!« Aus dem Hintergrund des Schankraumes löste sich eine Gestalt, die die Pilger bisher nicht bemerkt hatten, und als der Mann ins Licht trat und einen Krug Wein auf den Tisch knallte, nahmen sie ein von einer brennendroten Narbe entstelltes Gesicht wahr.

»Die Wirtsleute gleichen einander wie ein Ei dem anderen«, raunte Paul Lenger, »sie stammen beide aus dem hintersten Winkel der Hölle.«

Der Wein war ein Säuerling, das Gegenteil der lieblichen Landschaft, durch die sie gezogen waren, und er schien die Löcher in den Strümpfen zusammenzuziehen. Da das Wasser des Brunnens erst recht ungenießbar war, löschten sie ihren Durst mit dem verpantschten Rebensaft. Die Gläser waren so schmutzig, dass niemand daraus trinken mochte. So kreiste der Krug ein paarmal, bis das Essen auf dem Tisch stand. Es gab Bohnen mit Speck, dazu Hirse und Kraut, und wider Erwarten schmeckte ihnen die Mahlzeit gut. Der Säuerling tat bald seine Wirkung. Kretz und der Schmied litten an Kopfschmerzen, die Pilger aus Oberhessen und Mainfranken bekamen schwere Füße. Antonius Viermann schlief am Tisch ein. Der Tag war lang gewesen, die Ruhe verdient.

»Bitte, führt uns in die Schlafräume«, bat Kretz die Wirtin.

Der Schneider tänzelte die Stufen hinauf, fiel herab und verstauchte sich den Fuß. »Das hat uns gerade noch zu unserem Glück gefehlt«, schimpfte Kopff.

Auf dem oberen Treppenabsatz stand der Wirt und versperrte ihnen den Weg. Die Geste, die er machte, indem er Daumen und Zeigefinger aneinanderrieb, war eindeutig: Ihr kommt an mir nur vorbei, wenn ihr nochmals ins Geldsäckchen langt. Michael Kopff wollte ihm den Pilgerstab in die Rippen rammen, wurde aber von Paul Lenger zurückgehalten.

»Wir haben keine andere Wahl. Zahlen wir, bevor er uns auf die Straße wirft.«

Das Haus hatte vier Zimmer, von denen die beiden besten bereits belegt waren. So verteilten sich die Kameraden auf die zwei dunklen engen Räume. Die Betten bestanden aus Strohsäcken, über die schmuddelige Laken geworfen waren. Die Decken waren zerrissen. Die Pilger legten sich hinein, ohne die Kleider auszuziehen. Wasser zum Waschen wäre ohnehin Luxus gewesen. In einer Ecke stand der Eimer für die Notdurft. Kretz, der mit dem Schmied eine Bettstatt teilte, löschte das schummrige Licht. Der Fußboden besaß halbzollbreite Ritzen, durch die sie in den Raum hinuntersehen konnten. Unter ihnen befand sich das Schlafzimmer des Wirtsehepaares. Der Mann zählte gerade die Geldstücke, die sie heute den Pilgern abverlangt hatten, während seine Frau ihm dabei händereibend zusah.

»Wartet«, knurrte der Schmied, »das Lachen soll euch noch vergehen.« Um Mitternacht musste einer der Gefährten Wasser lassen. Aber anstatt den Eimer zu benutzen, erledigte er sein Geschäft durch die Ritzen. Unten regnete es auf das Bett der schlafenden Wirtsleute. Der Mann erwachte, als sein Lager feucht wurde. Er entzündete eine Kerze, stieg polternd die Treppe zu den Gästezimmern hinauf und warf einen Blick in die Räume der Pilger. Nirgendwo regte sich ein Laut. Nur das gleichmäßige Atmen der Schläfer war zu hören.

»Der wird bald eine zweite Lektion erhalten«, flüsterte der Schneider. Kaum hatte der Herbergsvater das Licht gelöscht und sich wieder zur Ruhe begeben, tropfte es abermals durch die rissige Decke auf sein Bett. Fluchend sprang er aus den Federn und ergriff einen Prügel. Inzwischen war in den Gästeräumen wieder Stille eingekehrt. Michael Kopff aber stand hinter der Tür und hielt seinen Pilgerstab in Wadenhöhe waagerecht über den Boden. Der Wirt, der diesmal keine Lampe mit sich führte, stolperte und schlug der Länge nach auf die Dielen. Unbemerkt huschte Kopff ins Bett.

»Hilfe! Einbrecher! Kommt alle herbei!« rief der Schneider, und zusammen mit den Gefährten aus dem Nebenraum fielen sie im Dunkeln über den Wirt her. Bis dieser atemlos erklären konnte, dass er kein Einbrecher, sondern der Hausbesitzer sei, hatte er eine gehörige Tracht Prügel bezogen.

»Das ist uns aber äußerst peinlich, Herr Wirt«, beteuerte Franz Lauterbrunn scheinheilig. »Hättet Ihr Euch uns doch zu erkennen gegeben! Aber Ihr tragt selbst die Schuld an dem Malheur. Hättet Ihr eine Lampe bei Euch gehabt, wäre der Irrtum vermeidbar gewesen. So aber mussten wir annehmen, dass ein Dieb uns an den Geldsack wollte oder ein Mörder gar ans Leben.«

Im Morgengrauen schieden die Jakobspilger von diesem ungastlichen Ort und begaben sich in wenigen Tagesmärschen nach Ostabat, um sich mit Wallfahrern aus den Richtungen Tours und Le Puy zu vereinen und gemeinsam den Aufstieg zum Cisa-Pass anzutreten.

Drei Ritter aus der Erzdiözese Lyon befanden sich auf großer Wallfahrt nach Compostela. Unterwegs begegneten sie einer armen Frau. Um St. Jakobus willen nahm einer das Reisegepäck der Alten auf sein Pferd. Alsbald sah er einen kranken Bettler am Weg liegen. Er stieg ab, setzte ihn auf das Tier und trug das Reisebündel der Frau und den Pilgerstab des Kranken auf seinem Rücken. Nachdem sie so einen Großteil des Weges gegangen waren und nach Galicien gelangten, brach der Ritter unter der Hitze und der Mühsal des Weges erschöpft zusammen und fiel nun selbst in schwere Krankheit.

Die Freunde, die sein Ende nahen sahen, fragten ihn, wie es um das Heil seiner Seele stünde, wenn er nun für immer Abschied nehmen müsse. Jedoch der Ritter blieb drei Tage stumm. Als die Freunde am vierten Tag seinen Tod erwarteten, seufzte der Ritter und sagte: »Gott und dem hl. Jakobus Dank! Als ihr mich nach dem Heil mei-

Viaggio in Ponente
A' SAN
GIACOMO
DI GALITIA,
E FINISTERRÆ,

Di D. Domenico Laffi Bolognese;

Aggiuntoui molte curiosità doppo il suo terzo Viaggio à quelle Parti.

Con la Tauola de' Capitoli, e cose più notabili.

TERZA IMPRESSIONE.

All'Illustriss. e Reuerendiss. Sig. Co:

CARLO EVANGELISTA GRASSI

Abbate, e Dottore dell'vna, e l'altra Legge, Preuosto della Metropolitana di San Pietro, e Consultore della Santissima Inquisitione di Bologna.

In Bologna per gl'Eredi del Pisarri. 1681.

Con licenza de' Superiori.

ner Seele fragtet, kamen Teufel und würgten mich so sehr, dass ich euch nicht antworten konnte. Darauf aber erschien St. Jakob. Er trug in der linken Hand das Reisegepäck der alten Frau, in der rechten hielt er den Stab des Bettlers, und der Stab war wie ein Speer und der Sack wie ein Schild, so dass die Teufel dem Heiligen nichts anhaben konnten und entflohen. St. Jakob hat mich erlöst und mir die Sprache wiedergegeben. Nun aber, Freunde, bitte ich euch, ruft den Priester, denn ich hänge nicht mehr an diesem Leben.«

Über die Pyrenäen

Der Spittelmeister was ein zornig Mann;
»der Greulich het dich herein getragn,
das nimmt mich immer Wunder.
Und wärst du nit ein wälscher Mann,
ich vergäb dir wie den deutschen Hunden.«

Und da es an den Abend kam,
die Brüder wollten schlafen gahn,
der Pilgram wollt schlafen alleine:
»Spittelmeister, lieber Spittelmeister mein,
die Bett seind gar nit reine!«

Kretz ging als letzter. Er ließ den anderen, die größere Schritte machten, den Vortritt, ohne sie aus den Augen zu verlieren. Ohne viele Worte hatte sich in den Tagen der Gemeinsamkeit ein Ritual des Gehens, des Ausschreitens gebildet, das jeder annahm und guthieß. Michael Kopff marschierte voran. Er war nicht nur tapfer mit der Zunge, sondern wusste sich auch mit Hilfe seines Pilgerstabes Respekt zu verschaffen. Die Haselnuss trat mehrmals in Aktion: Einmal bläute er den Rücken eines der aufdringlichen »romei mercatores«, das waren Pilgerkaufleute, die den Bußgang nach Santiago geschickt mit ihren Handelsgeschäften verquickten und im Namen des hl. Apostels zum Teil recht wohlhabend dabei wurden. Diesen Vorteil versprach sich auch der gestrafte Kaufmann, der ausgerechnet Michael Kopff eine gefälschte Reliquie verkaufen wollte, die ihn angeblich nicht nur in den entbehrten Gnadenstand versetzen, sondern in Zukunft auch vor dessen Verlust schützen würde. In dem Silberdöschen befand sich ein winziges Knöchelchen, das einem Hühnerbein entstammen mochte, sowie ein langes Rosshaar, das laut Aussagen des Kaufmanns ein Engel dem hl. Jakobus aus dem Bart gezupft haben sollte.

Dem Sühnewallfahrer schloss sich als nächster Franz Lauterbrunn an, denn eine muskelstarke Vorhut schien allen der beste Prellbock gegen die Anfeindungen des Weges zu sein. Nachdem die beiden an der Spitze nicht nur einen struppigen Wolf, sondern auch einen grimmigen Gebirgsbären vertrieben hatten, war ihre Leitfunktion unbestritten. Antonius Viermann beherrschte das Mittelfeld. Seine Füße waren so flink wie seine Zunge, so dass einer der oberhessischen Wallfahrer spottete, der Schneider mache die Pilgerfahrt nach Compostela viermal – durch doppelte Schritte und zweifaches Reden. Unentwegt gab er seine Kommentare zu den Ereignissen und Abenteuern. Er beschrieb die Landschaft, die andere mit den Augen aufnahmen, zusätzlich mit dem Mund. Da er jedoch die seltsamsten Vergleiche fand und sie immer in Verbindung mit der weite Wochen zurückliegenden Heimat zu bringen wusste, so ließ man ihn gewähren und hörte ihm zuweilen ganz gern zu.

Vor Kretz ging der Sohler Hans. Er war ein mittelgroßer, ernster Mann mit dunkelgrauem Haar und einer auffälligen Nase, deretwegen er zu Hause oft geneckt wurde. Er beteiligte sich nicht an den Späßen der anderen, sondern bildete mit Kretz das Schlusslicht der Gruppe, um still zu beten und über den Sinn der Wallfahrt nachzudenken. Im Winter war ihm die Frau im Kindbett gestorben, und er hatte beschlossen, ihres ewigen Seelenfriedens wegen nach Santiago zu gehen. Kretz unterhielt sich gern mit ihm, sprach mit ihm über religiöse Dinge und erfuhr weit mehr über den Sinn des menschlichen Unterwegsseins, als der Pfarrer seiner Heimatgemeinde ihm hatte mitteilen können.

»War nicht Adam der erste Pilger auf Erden?«, fragte der Sohler Hans. »Er hatte das göttliche Gesetz überschritten und wurde deshalb in die Verdammung dieser Welt entsandt, um durch das Blut und die Gnade Christi gerettet zu werden. So wie Adam ist der Mensch um seiner Sünden willen auf dem Pilgerpfad, damit er durch die Mühsal und Anstrengung der Reise geläutert und von Schuld gereinigt werde. Nicht nur das Ziel, das Ende der Reise ist Sinn der Wallfahrt, sondern wesentlich der Weg, das Gehen, das Ausschreiten auf etwas zu. So ist das Unterwegssein Abbild des Lebens. Schritt für Schritt nähert man sich dem ewigen Ziel. Auch der alte Patriarch Abraham war ein Pilger, der den Auftrag Gottes beherzigte: Ziehe fort aus deinem Land, aus deiner Verwandtschaft in das Land, das ich dir zeigen werde, und ich will dich zu einem großen Volk werden lassen. Der Patriarch Jakob war Pilger, weil er sein Vaterland verließ und nach Ägypten ging. Moses machte sich achtzigjährig mit dem Volk Israel auf den Weg durch die Wüste ins Gelobte Land. – Wie viele Umwege und Irrwege musste er beschreiten, bis er das Ziel seiner Sehnsucht vor Augen hatte? Betreten durfte er es nicht. Christus selbst wurde zum Pilger, als er predigend und beten durch Galiläa zog. Er machte seine Apostel und Jünger zu Pilgern, als er sie mit der Verkündigung der Frohen Botschaft beauftragte und in alle Welt schickte. Ohne Geld und Schuhwerk zogen sie los, beseelt von dem einen Gedanken, Christi Wort bis an die Grenzen der Erde zu tragen. Die Glaubensboten, die

Mönche, Bischöfe und Priester, die das Wort Gottes verbreiteten, – waren sie nicht alle Pilger im Sinne des Herrn?

Deshalb«, sagte der Sohler Hans und zog einen Schlussstrich unter seine Gedanken, »deshalb soll ein Pilger unterwegs kein Geld nehmen, es sei denn, er verwendet es für die Armen. Und er soll sich an den Geschenken, die er auf dem Wege erhält, nicht bereichern, es sei denn, an den Geschenken der Seele, die da sind: die Herrlichkeit einer schönen Landschaft, an der sich sein Herz erfreut, der Reichtum eines gesegneten Obstgartens mit seinen Früchten, die Lebensfrische einer reinen Wasserquelle, das Lächeln eines hilfsbereiten Menschen, die Gemeinschaft gleichgesinnter Büßer und Beter.«

Kretz lauschte, fand, dass eine Leere in ihm aufgefüllt würde, unter der er gelitten hatte, dass ihn die Worte des Mitpilgers stützten auf der gemeinsamen Wanderung: »Weißt du, Kretz, alles, was uns begegnet, ist zeichenhaft«, fuhr der Sohler Hans fort, »es dient uns zur Verdeutlichung eines tieferen Lebenssinns. Nimm die Zeichen, die wir mit uns führen: Die Bedeutung des Pilgerstabes ist dir geläufig. Er ist Stütze und Hilfe in Gefahr. Der Wolf, der sich angriffslustig gebärdet, ist auch das Bild für den Teufel, den Verführer des Menschheitsgeschlechtes. Der Pilgerstab symbolisiert die Abwehr der Sünde. Oder nimm die Pilgertasche. Sie versinnbildet die Freigebigkeit in Almosen und die Abtötung des Fleisches. Sie ist eng, besteht meist aus der Haut eines Rindes und ist oben offen. Die Enge der Tasche soll sagen, dass der Pilger im Vertrauen auf Gottes Führung nur einen kleinen Reiseproviant mit sich führen soll. Die Haut des Tieres erinnert den Wallfahrer daran, dass er sein mit Lastern und Begierde geplagtes Fleisch zügeln und abtöten soll. Hunger

und Durst soll er erleiden um Christi willen, Kälte und Hitze um der Liebe zu seinem Gott, Mühen und Schmach der Reise, um sich für nichtig zu erachten nach dem Wort des hl. Johannes in der Wüste: ›ER muss wachsen, ich aber muss abnehmen.‹ Die Tasche trägt keine Riemen, sondern ist immer griffbereit, damit das Almosengeben an die Armen nie aus dem Blick kommt und des wirklichen Pilgers vornehmes Ziel bleibt.«

Es waren etwa dreißig Pilger, die sich an dem Orientierungsstein vor Ostabat getroffen und die gemeinsame Weiterreise beschlossen hatten. An diesem Ort stießen die durch Frankreich führenden Pilgerstraßen, der Pariser Weg, der Weg von Vézelay und der Le-Puy-Weg, die »Via Turonensis«, die »Via Lemovicensis«, der Kretz und seine Freunde gefolgt waren, und die »Via Podensis« zusammen. Sie übernachteten neben einer Kapelle aus dem 11. Jahrhundert und standen betreten vor den Pilgergräbern des kleinen Friedhofs, der für viele ihrer Wegbegleiter das Ende der Wallfahrt bedeutet hatte. Durch die Vorberge der Pyrenäen näherten sie sich dem Ort St.-Jean-Pied-de-Port. Die »Landes«, die weite Ebene vor den Pyrenäen, schimmerte bläulich im Dunst des Frühsommertages. Das Gebiet wurde von manchen Pilgern gemieden, denn es herrschte dort ein spürbarer Mangel an Brot und Wein, an Fleisch, Fisch und Früchten. Dagegen besaßen die Gascogner davon in reichem Maße. Den Fremden gegenüber galten sie als gastfreundlich, jedoch ihre Lebensart stieß viele ab. Sie waren ungepflegt, schliefen auf halb verfaultem Stroh, aßen ohne Tisch und tranken ihren guten Rotwein allesamt aus einem Becher.

Unter dem Geläut der Glocken von St.-Jean-Pied-de-Port zog die Pilgergruppe dem Pass zu. Drei der neu dazugekommenen Wallfahrer trugen zum Zeichen ihrer Buße mannshohe Holzkreuze, die ihnen den Aufstieg noch beschwerlicher machten, als er ohnehin schon war. Achttausend Fuß ging es bergan, ebenso lang sollte auch der Abstieg sein. Tannen- und Kiefernwälder begleiteten die mühseligen Schritte. Schluchten öffneten sich, aus denen der Laut gurgelnden Quellwassers aufstieg. Dann lagen weite, sonnenbeschienene Almwiesen wie zum Trocknen ausgebreitete Tücher tief unten auf der Sohle des Tales. Der Weg führte in unendlichen Windungen aufwärts – dem Cisa-Pass entgegen. Hinter jeder Felsnase witterten die Pilger eine mögliche Gefahr, konnte das Verderben lauern. Meist gingen sie nun hintereinander, im Gänseschritt, so schmal war der Pfad. Nebel wallte fetzenhaft heran, oft so dicht, dass der erste den letzten Wallfahrer nicht sehen konnte. Durch Rufe hielten sie sich dann beieinander. Oder sie ergriffen sich bei den Händen und an den Stäben, um sich nicht zu verlieren. »Denn weit ist die Pforte und breit ist der Weg, der ins Verderben führt«, heißt es beim Apostel Matthäus, »und viele sind es, die auf ihm hineingehen. Doch eng ist die Pforte und schmal ist der Weg, der ins Leben führt, und wenige sind es, die ihn finden ...« Dieses Bild begleitete sie, während sie dem Grat zustiegen, der die Schneereste des vergangenen Winters trug.

Der Himmel war den Pilgern nahe, manchmal meinten sie, ihn mit den Händen greifen zu können. So weit herab kam er zu ihnen mit lichten und dunklen Wolken. Kleine seltsame Blumen in kräftigen Farben suchten Halt an den Hängen, blühten windumtost aus Felsritzen und Erdlöchern; die Flora des Gebirges war den Deutschen fremd. Wenn man jetzt nicht genug Acht gab auf den Weg, wenn man einen Fehltritt tat und abstürzte – ob die Freuden des Paradieses wohl gleich auf sie warteten, wo doch der Himmel sich so tief über sie senkte ...?

Auf den Spuren von Geschichte und Legenden

Er gab dem Pilgram einen Schlag,
dass er von Herzen sehr erschrak,
er tät zu dem Spittel aus laufen;
die andern Brüder täten
den Spittelmeister sehr raufen.

Da es an den Morgen kam,
man sach viel gewappneter Mann
zu dem Spital eindringen;
man fing den Spittelmeister
und all sein Hausgesinde.

Einer der französischen Pilger, der von Dax nun bereits das zweitemal nach Compostela ging, erfreute sich der großen Gemeinschaft der Mitreisenden. Beim erstenmal war er in der Bergeinsamkeit von zwei Zöllnern zur Zahlung eines hohen Wegegeldes aufgefordert, und weil er nicht so viel Geld bei sich hatte, mit Stöcken geschlagen worden. Sie hatten ihn bis auf die Hose entkleidet und nach versteckten Wertsachen durchsucht, obgleich sie Pilgern keine Abgabe abverlangen und nur von handeltreibenden Menschen einen Tribut einfordern dürfen. Und auch von diesen Kaufleuten nehmen sie das Doppelte, als ihnen zusteht, und wirtschaften in die eigene Tasche.

Ein Priester aus der Gegend von Saint Saver, der mit ihnen pilgerte und sich mit den Deutschen verständigen konnte, erzählte vom Frankenkönig Karl dem Großen, der 778 durch das Valcarlos-Tal zum Kampf gegen die Mauren nach Zaragoza zog. Mit Beilen, Äxten und Hacken bahnte er sich einen Weg nach Navarra. Ein Traumbild des hl. Jakobus hatte ihn gebeten, nach Galicien zu kommen und das Apostelland von den Mohammedanern zu befreien, die seit 711 große Teile der Iberischen Halbinsel besetzt hielten und im Jahre 734 auch die Wahlheimat des Heiligen eingenommen hatten. Auf der Höhe des Passes war Karl niedergekniet, die Muttergottes von Roncesvalles zu grüßen und den hl. Jakobus um weiteren Schutz auf der Reise ins unbekannte Galicien zu bitten, dem nun auch die Pilger zustrebten.

Die Franzosen, die die Kreuze trugen, luden ihre schwere Bürde ab und hielten nach Standorten Ausschau für ihre Zeichen der Buße. Andere Pilger steckten kleine Kreuze, die sie aus Stöcken zurechtbogen und mit Hanf befestigten, in die Erde. Der Fährmann und seine Freunde eiferten ihnen nach.

Kretz ahnte nicht, dass er sich einem der geschichtsreichsten Orte am Jakobsweg genähert hatte, der sogar in enger Beziehung zu seinem Heimatland stand. Im Jahre 778 war nämlich der aufsässige islamische Statthalter von Zaragoza in Paderborn erschienen, um den Frankenkönig Karl um Beistand in seinem Unabhängigkeitskampf gegen den Emir von Córdoba zu bitten. Für den Fall des Sieges wurden Karl Zaragoza und andere maurische Städte als Belohnung versprochen. Karl nahm das Angebot an. Ein Teil seines Heeres eroberte Gerona, der andere rückte mit dem König an der Spitze über Pamplona auf Zaragoza zu. Der Statthalter jedoch gab die Stadt nicht heraus. Karl plante, Zaragoza zu belagern. Doch ein Sachsenaufstand zwang den Herrscher zur Rückkehr nach

Deutschland. Unterwegs zerstörten seine Truppen die Stadt Pamplona. Am Pass von Roncesvalles geriet eine Nachhut seiner Armee unter Roland, dem Herzog der Bretagne, in den Hinterhalt der racheerfüllten Basken, deren Hauptstadt Pamplona in Rauch aufgegangen war. In höchster Bedrängnis blies Roland sein berühmtes Horn Olifant. Die Legende erzählt, Karl habe es im Tal von Valcarlos gehört und sei umgekehrt, um seinem Neffen beizustehen. Roland, sein Freund Oliver und Erzbischof Turpin aber waren dem Ansturm der Basken und der sie inzwischen unterstützenden Mauren nicht gewachsen und fielen mit vielen Paladinen und Gefolgsleuten.

Der Priester aus der Umgebung von Saint Saver und einige seiner Begleiter trugen das Rolandslied vor. Denn der Mönch Turdalos hatte daraus ein Helden-Epos verfasst, das inzwischen von vielen Jakobspilgern gesungen wurde. Kretz summte die Melodie vor sich hin, während sie sich dem Augustinerkloster von Roncesvalles näherten. –

Die »Montes malditos«, die verdammten Berge, verloren mit jedem Schritt ihre Bedrohlichkeit. Die Sonne verstärkte ihre Kraft. Schwer ruhte die Wärme auf den Schultern der unermüdlich ausschreitenden Männer.

»Gott Dank, dass wir keine Frau bei uns haben«, meinte der Schneider, der sich auf der Passhöhe an den Arm des Schmieds geklammert hatte und nun seine Lebensgeister wiedergewann. »Wir hätten sie mehr tot als lebendig über die Höhen tragen müssen.«

»Lieber eine Frau am Arm als einen zitternden Schneider«, lachte Franz Lauterbrunn und sorgte mit seiner Bemerkung für befreiende Heiterkeit. Sie hatten lange nicht gesprochen. Jetzt aber waren ihre Worte wie übermütige Salven, die von den Berghängen zurücksprangen, ein grollendes Echo der Freude. Ein wichtiger Abschnitt ihrer Pilgerfahrt lag hinter ihnen, der bisherige Erfolg verdrängte die Strapazen und öffnete den Blick für das Königreich Navarra, das vor ihnen lag …

Im Jahre 1137 erhielten die Augustiner, die auf Wunsch des Königs von Aragonien* und des Erzbischofs von Pamplona das Hospiz von Roncesvalles betreuen, ihre Regel. 72 Hospitaliter stehen in Diensten der Pilger: Priester, Brüder, Ritter und Schwestern. Hinzu kommen die »Donati«, Menschen, die sich mitsamt ihrem Vermögen dem Hospiz zu Eigen gaben. Der gute Ruf der Pilgerunterkunft ist den Wallfahrern entgegengeeilt. Kaum einer versäumt die Gastfreundschaft des Klosters, das von Jahr zu Jahr wächst. Ein herrlicher Kreuzgang ist im Bau, die Kirche vollendet ihre gotische Form. Hier finden nicht nur die Reisenden auf dem Weg zu St. Jakobs Grab eine Bleibe, sondern alle, die an die Pforten klopfen: selbst Heiden, Häretiker, Müßiggänger und Strolche. Man wäscht den Pilgern die Füße, wie Abraham und Lot die Füße der pilgernden Engel gewaschen, Maria Magdalena die Füße Christi wusch und der Herr selbst es am Vorabend seines Leidens seinen Jüngern tat. Die Gäste ruhen in gepflegten, weichen Betten, und keiner geht, bevor seine Gesundheit nicht wieder hergestellt ist.

Ein warmes Feuer empfing auch unsere ermüdeten Pilger. Ein junges Mädchen mit langen Zöpfen trug das Nachtmahl auf: Jeder erhielt Suppe, Brot, Fleisch und zwei oder drei Gläser Wein. Anschließend wartete eine

Aragonien: nach dem Aragón, dem linken Nebenfluss des Ebros benannte nordspanische Landschaft, die Provinzen Zaragoza, Huesca und Teruel umfassend. Hauptstadt Zaragoza. Seit etwa 1000 Königreich. 1137 mit Katalonien, 1469 mit Kastilien – zu Spanien – vereinigt.

angenehme, behütete Nachtruhe auf sie. Roncesvalles gehörte zu den »heiligen Orten«, die allenthalben am Camino de Santiago entstanden, am Weg, der zum Grab des Apostels führt. Diese Wohnungen Gottes zur Stärkung der Pilger, der Erholung für die Bedürftigen, des Trostes der Kranken und des Heils für die Verstorbenen wetteiferten miteinander, um die Wanderer in Liebe aufzunehmen. Die ersten Herbergen für die Betreuung der Pilger auf dem spanischen Teil des Weges befanden sich in El Cebrero, Sahagún und Carión, aber zuvor gab es bereits »drei Säulen, die Gott zur notwendigen Unterstützung seiner Armen« errichtet hatte: das Hospiz von Jerusalem, das Hospiz auf dem Mont-Joux, dem Großen St. Bernhard, und das Hospiz auf dem Somport. Sie alle suchten sich in der Liebe zu den Pilgern zu übertreffen, ihnen Brot, Wein, Salbe, Fleisch, Fisch, Eier, Obst, ein wärmendes Feuer und weitere lebenswichtigen Dinge bereitzustellen. –

Hugo von Sanct Viktor berichtet von einem Pilger, der in einer Herberge vom Teufel in Versuchung geführt wurde, indem dieser ihm in Gestalt des hl. Jakobus erschien. »Was nimmst du die Mühen des irdischen Daseins auf dich, mein Freund. Du quälst dich Tag für Tag auf dem Weg nach Compostel und könntest doch die Freuden künftiger Herrlichkeit viel früher genießen, wenn du deinem ärmlichen Leben mir zur Ehre ein Ende setztest.« Da zog der Pilger sein Schwert und erstach sich. Alsbald wurde der Hausvater, in dessen Herberge der Pilger sein Leben ließ, des Mordes verdächtigt und befand sich in großer Not, dass er gehenkt werde. Da erhielt der Tote durch die Gnade des Himmels plötzlich sein Leben zurück und erzählte: »Der Teufel wollte mich bereits in die ewige Höllenpein führen, da erschien mir St. Jakob, entriss meine Seele dem tödlichen Feuer und leitete mich vor den Thron des himmlischen Vaters. Und obgleich die Teufel jammerten und zeterten, gelang es dem hl. Apostel, mir das Leben wiederzugeben und mich auf den Pilgerpfad dieser Erde zurückzuführen.«

Sie mieden jetzt große Städte, denn sie wussten, dass die meisten Pilger zu den Klöstern und Hospizen drängten, wo zu bestimmten Zeiten eine Mahlzeit ausgeteilt wurde. Oft standen die Menschen Schlange, um an die Reihe zu kommen, und darüber vergingen wertvolle Stunden der Wanderung, des unermüdlichen Strebens nach Westen. Kretz und seine Freunde bevorzugten die kleineren Orte, wo manche Tür für sie offen stand, wo man ihnen im Vorübergehen ein Stück Brot zusteckte, einen Krug Wein reichte oder eine Handvoll Beeren. Ein Schäfer, der hinter Pamplona unter endlosem Himmel unbeweglich auf seinen Stab gestützt stand, teilte seinen Käse mit ihnen und zum Abschied die Oliven aus seinem Schultersack.

Sie lebten mit der Natur, standen mit ihr gegen fünf Uhr auf, wenn das Licht über den Horizont zuckte, und waren nach einem bescheidenen Mahl bereits auf den Beinen, wenn sich die Sonne hinter den Bergen zu ihrer Reise erhob. Sie gab den Rhythmus des Tages an, sie kam ihnen nachgeeilt, überholte sie in den heißen Stunden des Mittags und lief ihnen voraus ans Ende des Tagesziels. Es regnete nun wenig, dennoch waren die Wiesen frisch, die Flüsse klar, Berge und Hügel schwangen gleichsam mit den Schritten der Pilger, – es war, als nehme die Landschaft Anteil an ihrer Pilgerreise. Sie verschenkte sich in Farben, mit Früchten, in der wechselnden Schönheit ihres Anblicks. Nahm es wunder, dass der hl. Franz aus Umbrien sie so herrlich gemalt hatte in seinem »Sonnengesang«?

Geheimnisvoll lockte das Ziel ihrer Wanderung, der unbekannte Westen, die Ferne, hinter der es kein Weiterkommen mehr gab, sondern nur das »finis terrae«, das Ende der Welt, wo Heil und Untergang Tür an Tür wohnten und ein Hauch von Ewigkeit und Verdammnis zu spüren war.

Zweimal verirrten sie sich und gingen im Kreis: Als die Sonne einmal den Wolkenschleier über ihr Gesicht zog, sie wie zum Spaß narrte und ihnen Stunden niemand entgegenkam, den sie in den vielfältigen Sprachen der Hände und der Zeichen nach dem Weg nach Compostela hätten fragen können. Und als die kleinen Steinpyramiden, die »montjoies«, die den Pilgerweg markierten, im hohen Gras oder unter Büschen verschwunden waren. Zum Glück war nicht Winter, sondern der beginnende Sommer. Denn sie hatten von einem Pilger, der wintertags einmal unterwegs war, gehört, dass der Schnee an den Pyrenäenhängen oft fünfzig Zoll hoch lag und dass die Wallfahrer mit ihren Stäben nach den Wegzeichen suchten, die tief unter ihren Füßen verschneit waren. Nach einem Stoßgebet zum hl. Jakobus hatten die Deutschen bald auf den rechten Weg zurückgefunden. Ja, der Heilige begleitete sie, er schien ihnen nahe zu sein, das spürten alle. Los! Auf geht's! Gott steh' uns bei! Der Ansporn aller Pilger entrang sich ihren Herzen.

Michael Kopff ging wie immer vorn. Sein Wanderstab, der in der Vorstellung seines Besitzers allmählich zu einem Pilgerstab wurde, bestimmte mit seinen durch die Kalebasse verursachten Geräuschen das Marschtempo. Kopff besaß die Fähigkeit, gleichmäßig auszuschreiten, weniger beeindruckt als die Gefährten von den Sehenswürdigkeiten am Wege, vom sturmgebeugten Wuchs eines Baumes, vom munteren Sprudeln eines Baches oder

der eigentümlichen Fremde eines Bauwerks. Der Anblick der Häuser, in Weiß getüncht, ihre mit rostbraunen Ziegeln gedeckten stumpfwinkligen Dächer, über die die Hitze flimmerte, lockte sie. Die Kirchen erhoben sich feierlich über die Ärmlichkeit der Straßen, sie stellten den Stolz der Ortsbewohner und die Besonderheit des Pilgerweges dar, aber Kopff ging an den meisten vorüber, lüftete nur gelegentlich den Hut, aber nicht, um den Herrn im Sakrament zu begrüßen, sondern weil es ihm zu heiß wurde. Kretz und vor allem der Sohler Hans warfen oft rasch eine Blick in das Gotteshaus, für eine Vaterunserlänge und um gelegentlich eine Kerze zu entzünden, jedoch dieses Verweilen bedeutete Verzug, das von dem Sühnewallfahrer zunächst mit unwilligen Pfiffen, schließlich aber mit einem einer frommen Gesellschaft unwürdigen Fluch gerügt wurde.

»Wie soll ich für eure Sicherheit sorgen können«, verteidigte sich Kopff nach einem Einwand von Franz Lauterbrunn, schließlich sei man ja auf einer Wallfahrt, zu der auch der Besuch in einer Kirche gehöre, »wenn ihr so große Distanz zwischen uns lasst? Sind die ersten zum Dorf hinaus, ziehen die letzten gerade ein. Ihr müsst euch nicht wundern, wenn die Bauernschläue der heimischen Bevölkerung euch die letzten Münzen aus dem Beutel zieht.«

Wie so oft bot der Schneider seine Dienste an. »Lasst mich die Nachhut bilden. Ihr kennt mittlerweile meine Leichtfüßigkeit. Ich werde euch, wenn ihr an der Kirchenbank festzuwachsen droht, ein wenig mit meinem Stock an der Ferse kitzeln.«

»Seht euch den Leichtfuß an«, entrüstete sich Paul Lenger. »Habt ihr schon einmal gesehen, dass man den Bock zum Gärtner macht?«

Von nun an bildete Franz Lauterbrunn das Schlusslicht. Seine besonnene Ruhe und kraftvolle Erscheinung wirkten des Öfteren ausgleichend auf die unterschiedliche Verfassung und schwankende Stimmung der Pilger.

An Eunate durfte Michael Kopff indes nicht vorübergehen. Schon von weitem sahen sie das achteckige Kirchlein einsam in der Landschaft, eingebettet in einen nie gekannten Frieden. Durch eine kleine Doppelreihe schweigender Zypressen verlief der Weg schnurstracks auf das geheimnisvolle Bauwerk zu. Kretz kannte Orte, an denen sich seine Seele urplötzlich weitete, an denen er ein anderer Mensch war und zugleich glaubte, hier schon einmal gewesen zu sein. Ein solcher Fleck war Eunate. Es war natürlich widersinnig, sich einzubilden, an diesem Platz bereits einmal geweilt zu haben, und doch kam es ihm so vor, – die Ruhe, die Weihe, der Frieden – alles schien ihm vertraut. Es mochte sein, dass hier von Gott ein Stück des verloren gegangenen Paradieses aufgehoben worden war, gleichsam zum Zeugnis entschwundener und vielleicht wieder zu verdienender Herrlichkeit, einer Herrlichkeit, die am Ende aller Pilgerschaft auf die Menschen wartete. Wo aber war das Ende und wo das Ziel?

Gesang wehte den Wallfahrern entgegen. Aus dem Portal des Kirchleins trat ein Kreuzträger in den vorgelagerten Arkadengang, und ihm schloss sich ein Trauerzug an, der einen Pilger zur ewigen Ruhe bettete. In der Umgebung des Gotteshauses entdeckten die Deutschen eine Reihe von frischen Gräbern. Nicht weit von dieser Stelle traf der Pilgerweg, der über den Somport-Pass nach Spanien führte, auf die drei vereinigten Wege aus Frankreich, und so manchen müden Fußwanderer, dem die Pässe, die ungewohnte Hitze, die Entbehrungen der Reise die letzten Kräfte abgefordert hatten und der an

Erschöpfung gestorben war, trug man hier zu Grabe. Die Responsorien waren bis zu dem Augenblick zu hören, als der Leichnam in die frisch ausgehobene Grube gebettet wurde. Die Freunde standen betreten abseits und schwiegen, bis der Geistliche seine Gebete beendet hatte. Dann traten sie näher. Der Vorsänger stimmte den Psalm »Verba mea« an, während sich die Prozession in die Kapelle zurückbewegte. Ein Chorknabe sang darauf die erste Nocturn für den Verstorbenen.

»Er ist am Ziel«, flüsterte Kretz und warf eine Handvoll Erde in das Grab.

Franz Lauterbrunn nickte. »So früh hat er wohl nicht damit gerechnet. Vielleicht hat er Frau und Kinder.«

Der Schneider wurde unruhig. »Heim muss ich, heim, da mag kommen, was will. Und wenn ich sterbenskrank über die Pyrenäen krieche – ich muss nach Haus!«

»Zu Haus bist du auch hier, Antonius«, sagte der Sohler Hans zweideutig. »Gott ruft dich, und der Weg von der Erde zu ihm ist an allen irdischen Orten gleich lang.«

Michael Kopff trat aus dem Schatten einer Steineiche. »Glaubst du, Hans«, druckste er, »dass mein Vergehen auf halbem Wege gesühnt werden könnte – wenn Gott es will?«

»Für Gott gibt es keine halben Wege, Michel, das merke dir für dein ganzes Leben.«

»Aber ich bin nur frei, wenn ich bei der Rückkehr meine Stempel vorweisen und dem Gericht dokumentieren kann, dass ich in Compostela war.«

»Du bist frei, wenn Gott die Stunde für gekommen hält.«

Kopff blickte in die Grube und wandte sich ab. »Ich für meinen Teil würde gern noch eine Weile über diese Erde pilgern.«

»So lasst uns gehen. Und Frieden dem Kameraden, den sie hier bestattet haben.«

Sie gingen schweigend. Ihre Stäbe klopften, der Staub wölkte unter ihren Sandalen. Die Sonne stand hoch über ihnen, und das Licht traf sie mit aller Kraft. Gott sieht mich jetzt in voller Beleuchtung, dachte Kopff. Kleinmachen gilt nicht. Wenn er mich hier erwischt, dann Gnade ... – Gnade – das war ein Wort, das er vor dem Tribunal vernommen hatte, als er statt zum Henker den Weg nach Santiago de Compostela antreten sollte. Einmal stand er vor Gottes Richterstuhl. Er blickte sich scheu um. Die Zypressen säumten den Weg der Toten wie trauernde Angehörige.

Ein neuer Wunderbericht machte die Runde. Ein Pilger aus Italien, der mit einigen Genuesen über den Somport-Pass nach Navarra gekommen war, hatte ihn in der Pilgerherberge zu Jaca zum Besten gegeben, und von dort eilte er dem Erzähler mit den berittenen Wallfahrern voraus, die in dreizehn Tagesreisen an das Grab des hl. Jakobus gelangen wollten. – Ein Bursche hatte auf der Burg Prato zwischen Florenz und Pistoja aus Rache Feuer an die Kornkammer gelegt, weil er seinen Vormund der Erbschleicherei verdächtigte. Man ergriff den Jüngling, er gestand, und es erging das Urteil, dass er, einem Pferd an den Schwanz gebunden, bis zum halben Tod geschleift und alsdann verbrannt werden solle. Der junge Mann beichtete, bereute seine Tat und empfahl sich dem Schutz des hl. Jakobus. Obgleich er, nur mit einem Hemd bekleidet, über felsigen Boden geschleift wurde, blieb sein Leib unversehrt, und auch das Feuer wollte seinen Körper nicht verzehren. Nur der Pfahl, an den er gebunden, und die Fesseln verbrannten. Als er abermals in die Flammen geworfen werden sollte, riss das Volk ihn zurück, da auf die Fürsprache des hl.

Apostels ein so großes Wunder geschehen war. Alle rühmten Gott und priesen den hl. Jakob.

An diesem Tag wollten sie in Puente la Reina (Brücke der Königin) bleiben, der farbenfrohen kleinen Stadt, die ihren Namen nach der Pilgerbrücke über den Rio Arga erhalten hatte. Die Frau des Königs Sancho des Starken von Navarra, Doña Mayor, ließ sie im 11. Jahrhundert für die Pilger errichten. Jedoch das Gewimmel der in den engen Gassen versammelten Pilger aus allen europäischen Ländern, die von hier über den vereinigten Pilgerweg nach Compostela weiterzogen, ließ die Kameraden ihren Plan ändern. In den Hospizen würden sie bei diesem Andrang kein freies Bett mehr finden. Sie beteten in der Kirche des Templerordens, gleich am Eingang des Städtchens, und standen bewundernd vor dem mit Muscheln verzierten Portal. Die Muschel hatten sie bei manchem Pilger gesehen, und es reizte sie, sich auch mit diesem Erkennungsmerkmal ihrer Pilgerfahrt zu schmücken. Doch der Sohler Hans, dessen Wissen die anderen Wallfahrer immer mehr zu schätzen wussten, meinte: »Wir holen uns unsere Muscheln selbst. Am Strand von El Patrón. Dort, wo das Boot des hl. Jakobus an Land stieß, werden wir sie zu Tausenden finden und zum Zeichen dafür, dass wir unser Ziel erreicht haben, an unser Gepäck oder an den Hut stecken. Wer weiß, ob jeder, der hier die Muschel trägt, auch ein echter Pilger ist? Manche tragen sie, um die wahren Wallfahrer mit allerlei Tricks zu täuschen, ihnen dunkle Geschäfte vorzuschlagen oder sie als Priester verkleideten Männern vorzustellen, denen sie für die Beichte oder die hl. Messe hohe Stipendien zahlen müssen. Hüten wir uns vor diesen falschen ›Muschelbrüdern‹. Ihr gottloser Eifer, ihre gespielte Frömmigkeit werden uns nicht verführen.«

Sie sollen sich vor uns in Acht nehmen, diese ›Muschelbrüder‹«, knurrte Kopff. »Es kann sein, dass ich ihnen das Fell über die Ohren ziehe statt umgekehrt.«

»Sie sind mit allen Wassern gewaschen«, warnte der Sohler Hans. »Deshalb gebe Gott uns Ausdauer und gesunde Beine, damit wir recht bald ans Ziel unserer Reise kommen.«

Durch die Calle major, die alte Hauptstraße von Puente la Reina, tippelten sie zur Santiago-Kirche mit ihrem neuen gotischen Standbild des hl. Jakobus. Er trug den Pilgerstab in der Hand und die Muschel am Hut wie viele seiner Anhänger, die sich auf dem Rückweg von Compostela befanden. Dann standen sie auf der Brücke mit den von den Füßen namenloser Wallfahrer glänzenden Pflastersteinen. Paul Lenger, der Tuchfärber, sprang unter einem der Brückenbogen in die trägen Fluten. Viele Menschen hatten ihre Sandalen abgestreift und kühlten ihre schwitzenden Körper. Doch schwimmen konnte kaum jemand von ihnen.

»So ein Bad ist wie eine Taufe der Wiedergeburt«, schwärmte Paul. »Man entsteigt ihm wie ein neuer Mensch. Kommt, mir nach!« Aber niemand folgte seinem Beispiel, nicht einmal Kretz, der am Wasser aufgewachsen war. Sie gingen noch etwa eine Stunde, fanden eine windgeschützte Mulde und schlugen ihr Nachtlager auf. In der Nähe rauschte ein Quellwasser. Bald prasselte das Feuer unter einem saftigen Karpaun. –

Der Rio Arga war ein sauberer Fluss. Jedoch nicht alle Ströme und Bäche führten Trinkwasser. Oft waren die Gewässer durchsetzt mit giftigen, kaum erkennbaren Gesteinsablagerungen aus den Bergen, die die Gesundheit beeinträchtigten und sogar das Leben bedrohten. Ein Reiter, der nach Compostela unterwegs war, musste erleben, wie sein Pferd verendete. Zwei Navarreser hatten ihm beteuert, das Wasser des Salzbaches, des Rio Salado, der sich in den Arga ergießt, sei für Mensch und Tier bekömmlich. Kaum aber hatte das Pferd seinen Durst gestillt, fiel es in Krämpfe und starb. Die beiden Männer kamen lachend und häuteten es ab. Nicht auszudenken, wenn auch der Mann von dem Wasser gekostet hätte …-

Alle Flüsse zwischen Estella und Logroño seien mit Vorsicht zu genießen, behaupteten die Pilger, die sich auf dem Heimweg befanden. Es habe manche Todesfälle gegeben. Auch beim Verzehr von Fischen müsse man Obacht walten lassen. So solle man sich vor der Flussbarbe hüten, auch vor dem Aal und der Schleie. Schon in einem alten Pilgerführer, einem Teil des »Codex Calixtinus«, oder, wie er auch heißt, des »Liber Sancti Jacobi« sei davor gewarnt worden.

In den Fängen der Häscher

Man band ihn auf ein hohes Ross,
man führt ihn gen Burges auf das Schloss,
man tät ihn in ein Eisen schließen:
es tät dem Spittelmeister
gar sehre und hart verdrießen.

Der Spittelmeister hätt ein Töchterlein,
es mocht recht wohl ein Schälkin sein:
»Es nimmt mich immer Wunder,
dass der liebste Vater mein
soll sterben von wegen dieser Hunde.«

Mit der Zeit konnten sie sich kaum mehr die Namen der Orte merken, durch die sie sich vorwärts bewegten, dem großen Ziel entgegen. Bei der Wallfahrt von Cirauqui, deren historische Kirche San Román viele Erinnerungen an Pilgerbewegungen birgt, über die alte Römerstraße nach Lorca und vorbei an der Kapelle San Miguel von Villatuerta überquerten sie den umstrittenen Rio Salado. Später sahen sie die Burg oberhalb der schönen Stadt Estella vor sich, eingebettet in ein fruchtbares, liebliches Land. Estella leitet seinen Namen von »Stern« ab. König Sancho Ramírez unterstützte die aufkeimende Pilgerfahrt nach Santiago und benannte den wohlhabenden Marktflecken nach dem Stern, der das Grab des Apostels angezeigt hatte.

Auf Franz Lauterbrunn, den Schmied, machten Kunstwerke nach eigener Aussage keinen besonderen Eindruck.

Deshalb entschloss er sich, an der Pilgerbrücke am Rio Ega ein Nickerchen zu machen und das Gepäck zu hüten, während die anderen über die Treppen und durch die Gässchen ins Stadtzentrum gingen. Der Sohler Hans und Paul Lenger wollten bis zum Kloster Irache vorausgehen, wo sich die Gesellschaft am späten Abend wieder zusammenfinden würde. Kopff kehrte in der erstbesten Schänke ein, um den Wein der Region zu probieren, während Kretz und der Schneider zur Kirche San Miguel hinaufstiegen, wo sie gebannt vor dem romanischen Portal mit der in einer Mandorla thronenden Gestalt Christi stehenblieben.

»Ob wir einen so strengen Richter finden werden – am Ende aller Pilgerfahrt?«, fragte Antonius Viermann.

»Sein Gesicht ist aus Stein«, erwiderte Kretz, nach oben deutend, nach einer Weile. »Das Gesicht unseres Richters wird menschlich sein.«

»Du bist dir deiner Sache ziemlich sicher, was?«

»Nein, gar nicht. Aber ich vertraue, Antonius, und darin liegt mein ganzer Glaube.«

Kretz befühlte den Stein, er strömte die Hitze des Sommertages aus. Die Plastiken an den Säulenkapitellen begannen unter seinen Händen zu leben. Am deutlichsten prägte sich das Bild des Engels ein, der den drei Frauen am Grabe den auferstandenen Herrn verkündet.

»Siehst du, Antonius, darauf baut sich unsere Hoffnung. Dass uns der Engel eines Tages sagt: ER ist auferstanden von den Toten, und mit ihm seid auch ihr auferstanden zum ewigen Leben.«

»Du bist sehr gläubig, Kretz, nicht wahr?«

»›Nicht genug. Sonst hätte ich nicht so große Ängste, wenn ich über den Fluss fahre, über die Weser, an der ich zu Hause bin. Die Tiefe des Stromes ist voller Tücken, und in ihr haust ein unergründlicher Geist.«

»Geister gibt es doch überall. In dunklen Wäldern, in Grotten und Seen. Aber sie tun den Menschen nichts zuleide.«

»Dieser schon. Er zieht Menschen an und packt sie, wenn sie leichtsinnig sind.«

»Warum, zum Teufel, lässt du deinen Kahn nicht fahren und gehst als Bauer aufs Feld?«

»Gibst du deinen Schneidertisch auf, Antonius?«

Und da der Schneider nicht antwortete, sagte Kretz: »Ich bin Fährmann, solange ich denken kann. Das ist mein Beruf – ich muss ihm treu bleiben.«

Sie stiegen den Hügel hinab zum Palast der Könige von Navarra und bewunderten den prächtigen Bau.

»Wollen wir dort auch hinauf?« fragte Antonius Viermann und deutete auf eine breite schöne Freitreppe vor der Kirche San Pedro de la Rúa. Kretz sah das Portal mit dem fremdländischen Schmuck, der auf islamische Einflüsse zurückging, doch er winkte ab. Es sei genug für heute. Im Stillen bedauerte er, dass er nicht die Kraft aufbrachte, auch die anderen Kirchen aufzusuchen, an denen Estella so reich war. Aber sein rechter Fuß schmerzte seit Tagen, und er durfte ihn nicht überanstrengen. So gingen sie langsam zurück. Michael Kopff lief ihnen über den Weg. An seinem leicht schwankenden Gang erkannten sie, dass er die Weinsorten dieser Gegend schätzen gelernt hatte. Gemeinsam zogen sie zur Pilgerbrücke, jedoch der Schmied war nicht da und mit ihm die gesamte Habe verschwunden.

Franz Lauterbrunn lag im hohen Gras am Ufer des gemächlich dahinfließenden Ega und blickte in die Wolken, die von Westen wie Watte über das blaue Meer des Himmels segelten. Sie kommen von dort, wohin ich auf dem Weg bin, dachte er, vom Ende der Welt. Wie viele Tage mögen sie unterwegs gewesen sein? Zehn, zwanzig? Einen ganzen Monat? Mit jedem Tag rückte die Gruppe Santiago de Compostela ein Stück näher, wobei das tägliche Marschpensum manchmal weit unter dem des Vortages lag. Sie alle spürten die Erschöpfung, die zunehmende Schwäche, selbst er, der Schmied, der die Stärke in den Armen hatte, – aber was nutzten ausgeprägte Muskeln, wenn sie nicht in den Beinen saßen?

Kretz verhielt sich bewundernswert. Die Ausdauer hatte ihm niemand zugetraut. Oder ob er sie vortäuschte? Es lag ein Leuchten in seinen Augen, das manchmal unheimlich war. Aber er sah schlecht aus. Der verkrüppelte Fuß machte ihm offensichtlich zu schaffen. Hoffentlich hielt er durch!

Michael Kopff erwies sich als echter Kamerad. Nach anfänglichem, sicher berechtigtem Misstrauen gegenüber einem Verbrecher – nein, der Ausdruck passte nun wirklich nicht mehr – war er nicht nur ein guter Weggefährte, sondern allmählich auch ein Mann echten Pilgergeistes geworden, sofern man das beobachten konnte, denn niemand sah tief genug in das Herz eines anderen. Gewiss, vom vielen Beten hielt Michael nichts, aber er verschloss sich auch nicht den Wünschen der anderen und den Besuchen in den zahlreichen Gotteshäusern am Wege, deren schlichte oder pompöse Pracht ihn oft beeindruckte. Der Schneider war quicklebendig wie am ersten Tag. Ein Wunder, wie er das schaffte. Selbst den Sturz von der Treppe im finsteren Gasthaus bei Périgueux hatte er weggesteckt, als sei nichts geschehen. Sein Spitzbart wippte unablässig unter dem Schwall der Worte, die unaufhaltsam seinem Munde entströmten. Manchmal freilich ging er den anderen ganz schön auf die Nerven.

Wie herrlich waren doch die Phasen des Schweigens, die sie sich allesamt auferlegten, um die Natur tiefer in sich zu spüren und sich ihr ungezwungen hinzugeben. Wie oft waren sie mit Gottes Schöpfung allein und sie mit ihnen, wenn sie, vom Tross der Mitpilger gelöst, in kleiner Runde den Weg fortsetzten. Der Sohler Hans und Paul Lenger eilten manchmal voraus oder blieben eine Meile zurück, um dem Mitteilungsbedürfnis des Schneiders aus dem Weg zu gehen. Sie waren unauffällige Kameraden, die man gar nicht spürte, deren wortlose Anwesenheit sich dann in einem Lächeln oder aufmunterndem Blick ausdrückte, was so viel bedeutete wie: Wir werden es schon schaffen! Prächtige Menschen, die beiden, die manchmal die Einsamkeit suchten, das Alleinsein mit sich.

Franz Lauterbrunn konnte das verstehen, er selbst war ja jetzt allein, hatte das kostbare Stündchen ohne die Freunde mit mangelndem Interesse an den Kunstwerken dieser Stadt begründet. Dabei wurde Estella vor allen anderen Orten gerühmt: »… gutes Brot, ausgezeichneter Wein, viel Fleisch und Glück aller Art …« Was für ein Glück er hier wohl versäumte …?

Ein langer Schatten fiel seitlich auf ihn, verdunkelte sein Gesicht. Franz Lauterbrunn wandte den Kopf und blickte auf. Ein Landsknecht stand vor ihm, die Fäuste in den Hüften, und betrachtete ihn lächelnd.

»Seid Ihr schon lange dort?«, fragte der Schmied, sich erhebend, aber die Antwort des Fremden verstand er nicht.

»Vamos«, sagte er, »gehen wir.«

»Wohin?«

Der Landsknecht machte eine Geste stadteinwärts.

»Was soll ich dort? Ich warte auf meine Kameraden.

Sie werden gleich zurückkommen. Wir sind auf Pilgerfahrt nach Santiago.«

»Santiago, aha«, lachte der Landsknecht. »Du mit mir kommen.«

»Und das Gepäck? Hier, das Gepäck – ich muss darauf aufpassen, bis meine Kumpel ...«

Plötzlich standen drei weitere Soldaten hinter dem Sprecher. Sie musterten Franz Lauterbrunn. Einer zog eine Flasche aus der Tasche und bot ihm einen Schluck an. »Gut. Gut für Seele«, nickte er aufmunternd.

Der Schmied wollte nicht unhöflich sein und setzte die Flasche an den Mund. Das Zeug brannte fürchterlich in der Kehle, so dass er sich verschluckte und die Flasche prustend von sich wies. Die Landsknechte lachten.

»Du noch trinken, Kamerad.«

»Nein, nein, besten Dank! Das ist ja ein Teufelstrunk!«

»Diabolo, ja, Teufel. Du trinken, bitteschön.«

»Nein, es ist genug. Lasst es gut sein.« Der Schmied hob abwehrend die Hände, aber der Landsknecht hielt ihm die Flasche beharrlich an die Lippen. »Du trinken, einmal lang, dann gut.«

Die anderen kamen näher und beobachteten genau, ob Franz Lauterbrunn einen Schluck nahm. Widerwillig öffnete er den Mund. Der Himmel kam plötzlich auf ihn zu, bedrohlich segelten die Wolken, die eben noch wie sanfte Schafe über ihn hinweggezogen waren, dicht über seinem Kopf. Seine Beine begannen zu zittern. Zwei Soldaten fingen ihn auf, schleppten ihn vom Fluss weg durch die Hintertür in ein Haus. Die anderen Landsknechte nahmen die Reisebündel auf, trugen sie Franz Lauterbrunn nach. Ein fensterloser Raum öffnete sich vor ihm. Auf einem Weinfass brannte ein Wachslicht. Ein Soldat saß an einem Tisch und schrieb. Als die Männer eintraten, blickte er kurz auf.

»Das ist der dritte heute, Hauptmann«, meldete der erste Landsknecht.

»Gute Arbeit. Das gibt eine Prämie, Kameraden. Hat er schon unterschrieben?«

»Noch nicht, Hauptmann.«

»Dann setzt ihn hierher und gebt ihm die Feder.«

Der Hauptmann stand auf, und die Soldaten schoben den schwankenden Schmied auf den Stuhl.

»Hier, schreib Namen«, sagte der Landsknecht.

»Wozu?« lallte Franz Lauterbrunn. Der dunkle Raum drehte sich im Kreis. »Wozu der Name? Ich kann … kann nicht schreiben.«

»Los, los, du dich nicht stellen an.« Der erste Landsknecht zwängte dem Schmied den Federkiel in die Hand. »Wenn du nicht kannst schreiben, du machen drei Kreuze. Schau. So.« Er nahm die widerspenstige Hand Franz Lauterbrunns und führte sie über das Papier.

»Bravo!« rief der Hauptmann. »Willkommen im Heer des Königs von Navarra!«

»Weg, in Luft aufgelöst. Wie vom Erdboden verschwunden.« Der Schneider flitzte den Rio Ega stromauf bis in die Höhe der Kirche San Sepulcro und wieder herab. »Verduftet ohne Nachricht. Lässt uns einfach im Stich.«

»Halt! Keine voreiligen Schlüsse«, forderte Kretz. »Franz ist nicht der Mann, der sich aus dem Staub macht oder uns an der Nase herumführt. Es muss etwas passiert sein.«

»Meinst du?« Der Schneider stand ratlos auf dem verlassenen Rastplatz und blickte sich um. Sein Bart zitterte wie Espenlaub. Michael Kopff presste die Lippen aufeinander und schwieg. Der Alkohol hämmerte hinter seinen Schläfen und nahm ihm die Fähigkeit klaren Denkens.

»Was machen wir nun? Unser ganzes Gepäck – alles weg«, jammerte der Schneider.

»Wir müssen Franz suchen«, sagte Kretz. »Es ist etwas vorgefallen.«

»Aber wo nur? Wo sollen wir beginnen? Es gibt ein halbes Dutzend Hospize und ein Dutzend Herbergen in der Stadt.«

»Hör auf zu lamentieren, Antonius!«, rief Kretz unwirsch. »Davon wird unsere Lage auch nicht besser.«

Michael Kopff schlug sich an die Stirn, als könne er den Weingeist so rascher vertreiben. Ein wenig schwankend glitt er in die Hocke und nahm die Umgebung des Rastortes in Augenschein. Zoll für Zoll tasteten seine Augen über den Grund. Ein paar abgeknickte Gräser erweckten seine Aufmerksamkeit. Er folgte der Richtung ihrer Lage und entdeckte zwei Ellen weiter abermals zu Boden getretenes Gras.

»Hier ist jemand gegangen«, sagte Kopff, »nein, nicht gegangen, er wurde geschleift. Schaut einmal, wie sich die Spur deutlich im Gras wiederholt.« Kopff rutschte auf Knien ein Stück weiter. »Überall diese Schleifspur, seht ihr?«

Antonius Viermann und Kretz suchten mit den Augen den Boden ab. Kein Zweifel, hier war etwas geschehen – und zwar nicht mit rechten Dingen.

»Versteckt euch dort unter der Brücke«, sagte Kopff. »Ich möchte nicht, dass ihr gesehen werdet, wenn ich mich stadteinwärts schleiche.«

»Du? Dann komme ich mit!« beharrte der Schneider, aber Kopff schnitt ihm das Wort ab.

»Du bleibst. Wenn ich in einer Stunde nicht zurück bin, ruft ihr die Wache.«

»Wache? Was sagen wir ihr? Dass zwei Menschen verschwunden sind? Wen kümmert das, wo hier täglich Hunderte vorüberziehen und mancher von ihnen nicht bis Kastilien kommt?«

Kretz packte den Schneider beim Arm und zog ihn mit sich fort. »Michel hat Recht. Einer fällt weniger auf, als wenn drei Mann ausrücken.«

Die Pilgerstäbe hatten die Soldaten liegen gelassen. Kopff klemmte seinen Haselnussstab unter die Achseln und schlich in gebückter Haltung davon. Die Schleifspur endete am Hintereingang eines unauffälligen Gebäudes. Es sah wie die Rückfront einer Schenke aus. Kopff wartete hinter einem Busch, bis die Dämmerung die Umrisse

des Hauses verwischte, dann war er mit zwei, drei Sprüngen an der Tür. Sie war nicht verschlossen. Die Angeln knarrten, aber die Geräusche der Schenke übertönten den Laut. Kopff ging auf Zehenspitzen durch den dunklen Flur auf den erhellten Schankraum zu. Er war voller Landsknechte. Sie tranken Bier aus großen Humpen und roten Wein aus irdenen Bechern. Einige sangen, andere dösten vor sich hin, zwei saßen in der Ecke beim Würfelspiel.

Die Werber waren erfolgreich, durchzuckte es Kopff, der die Lage überschaute. Sie feiern ihren Sieg. Und zweifellos ist ihnen auch der Schmied unfreiwillig ins Netz gegangen.

Kopff hatte genug gesehen. Nun galt es, die armen Teufel aufzuspüren, die wahrscheinlich irgendwo in einem Verlies gefangen saßen. Er schlich durch den Flur zurück und suchte nach dem Kellereingang. Kopff glitt die Stufen hinab, wobei er sich an den feuchten Wänden entlangtastete. Eine eisenbeschlagene Tür versperrte den Weg, gesichert durch ein riesiges Schloss. Kopff legte das Ohr an das kalte Metall und lauschte. Stille, kein Laut – oder doch? Er meinte das Rascheln von Stroh zu hören und dann einen tiefen Seufzer. Kopff klopfte mit dem Knöchel des Zeigefingers leise gegen die Tür. Das Stroh raschelte nicht mehr, und nach einer Weile vernahm er ein zaghaftes Pochen. Zu rufen getraute er sich nicht. Vielleicht befand sich ein Wachmann in der Dunkelheit des Kellers? Kopff klopfte ein zweitesmal, und wieder erhielt er Antwort. Er wusste nun, woran er war. Mit aller Wahrscheinlichkeit saßen die angeworbenen Männer in diesem Verschlag und der Schmied unter ihnen. Kopff eilte zu den Kameraden zurück, die ihn neugierig erwarteten.

»Und?«, fragte der Schneider. »Was entdeckt?«

»Und ob. Aber allein können wir nichts ausrichten. Wir brauchen Hilfe. Franz ist Soldatenwerbern in die Falle gegangen und sitzt aller Voraussicht nach in einem Keller.«

»So holen wir die Wache!«, schlug Kretz vor.

»Bist du von allen guten Geistern verlassen? Die steht doch auch im Dienst des Königs – wie seine Werber! Nein, hier kann uns niemand beistehen, wir müssen uns selbst etwas einfallen lassen.«

»Der Sohler Hans und Paul Lenger müssen uns helfen.«

»Gut, Kretz. Das ist ein Vorschlag. Aber zunächst müssen wir sie hier haben. Wie weit ist es zum Kloster Irache?«

»Eine halbe Stunde. Für mich ein Kinderspiel. Ich bin nicht müde und laufe wie ein Wiesel«, sagte der Schneider.

»In Ordnung. So mach' dich gleich auf den Weg. Noch in dieser Nacht müssen wir Franz herausboxen, sonst ist es zu spät.«

Wie ein Wiesel schnellte der Schneider in die anbrechende Dunkelheit.

Die Befreiung von Kerker und Galgen

Es stund ein Bruder nahe darbei:
»Nun soll es nit verschwiegen sein,
ich will es selber klagen.«
Da ward dasselbig Töchterlein
unter den Galgen begraben.

Sieh Bruder, du sollst nit stille stahn!
Vierzig Meil hast du noch zu gahn,
wohl in Sant Jakobs Münster,
vierzehn Meil hin hinter bass
zu einem Stern, heißt Finster.

Ein Bürger aus Barcelona reiste um das Jahr 1100 zum Grab des hl. Apostels und erflehte die Gnade, niemals in die Hand der feindlichen Sarazenen zu fallen. Als er nun heimreiste und in die Nähe der Insel Sizilien kam, wurde sein Schiff von Seeräubern aufgebracht, die ihn mehrmals auf dem Sklavenmarkt verkauften. Aber immer, wenn man ihn band, fielen die Ketten wie durch ein Wunder von ihm ab. Dreizehnmal wurde der Pilger von den Sarazenen verkauft, zum Schluss fesselte man ihn mit zweifachen Ketten. In höchster Not rief der Pilger abermals die Fürsprache St. Jakobs an. Da erschien ihm der Heilige und sagte: »Da du immer auf dein körperliches Wohlergehen und nicht auf dein Seelenheil bedacht gewesen bist, bist du in diese schmähliche Lage geraten. Aber

Gott, der Herr, ist barmherzig, darum sendet er mich zu dir, damit ich dich erlöse.«

Da sprangen die Ketten von dem Mann ab, und er konnte frei durch das Land der Feinde heimwärts ziehen. Zum Dank an das große Wunder trug er ein Stück der Kette fortan stets bei sich, und niemand getraute sich, ihn zu berühren. Selbst wilde Tiere wagten nicht, ihn anzugreifen, und suchten erschreckt das Weite.

Im Bistum Modena lebte einst ein Mann, der Bernhard hieß und gefesselt in einem tiefen Turm gefangen lag. Ohne Unterlass rief er den hl. Jakobus um Hilfe an. Da erschien ihm der Heilige und sagte: »Steh auf und folge mir nach Galiläa.« Da zerbrachen die Ketten, der Heilige aber war verschwunden. Bernhard hing die Ketten um seinen Hals, stieg auf die Spitze des Turmes und sprang im Vertrauen auf den hl. Jakobus in die Tiefe. Es geschah ihm kein Leid, obgleich der Turm sechzig Ellen hoch war.

Estella – Los Arcos – Torres del Rio. Hinter Viana endete das Königreich Navarra, die Pilger befanden sich in Sicherheit. Sie hatten die Nacht eher im Laufschritt durcheilt, und besonders Kretz war zum Umfallen erschöpft. Sein rechter Fuß pochte und glühte, die Sandalen hatte er schon vor Stunden abstreifen und im Gepäck verstauen müssen, so geschwollen war der Knöchel. Die letzten zwei Meilen hatte der Schmied den Freund auf dem Rücken getragen, was Kretz peinlich war, denn er wollte der Gruppe nicht zur Last fallen. Mehrmals hatte er gebeten, ihn am Weg abzusetzen, er werde morgen, wenn es ihm besser gehe, nachkommen. Spätestens in Santo Domingo de la Calzada würden sie sich wiedersehen. Doch auf solche Vorschläge hörte niemand. Sie waren alle angeschlagen von dem Abenteuer der Nacht, und selbst Michael Kopff, der so leicht nicht aus der Ruhe zu bringen war, saß die Spannung noch im Nacken.

Der Schneider hatte den Sohler Hans und Paul Lenger im Hospiz des Klosters Irache aufgespürt und Franz Lauterbrunns Schicksal in glühenden Worten geschildert. Darauf waren nicht nur die beiden Freunde, sondern noch weitere Deutsche nach Estella aufgebrochen, um den Schmied aus seiner misslichen Lage zu befreien.

Zunächst galt es, die Soldaten, die wahrscheinlich im Wirtshaus schliefen, vom Keller mit den Gefangenen abzulenken. Das schwere Schloss war nicht ohne Laut zu knacken, und die Geräusche hätten schnell die Wache alarmiert. Die Pilger tüftelten einen Plan aus: Der flinke Schneider sollte an die Fenster der Herberge klopfen und aus Leibeskräften Zeter und Mordio schreien. Sobald sich Licht zeigte, sollte er sich einige Schritte entfernen, mit dem Lärmen jedoch nicht aufhören. Auf diese Weise hofften die Kameraden, die Soldaten aus der Schenke zu locken, so dass Kopff und zwei, drei Helfer vom Hinterhaus in den Keller eindringen und zur Befreiungstat schreiten konnten. Zunächst aber benötigte Kopff ein Eisen, um das Schloss zu sprengen.

Einer der Deutschen, die der Schneider aus Irache mitgebracht hatte, erbot sich, mit einem Kumpan auf den Turm der nächstgelegenen Kirche zu steigen und die Glocken zu läuten. Dadurch würde die halbe Stadt wach, und die Pilger könnten sich, nachdem der Schmied befreit war, in der allgemeinen Aufregung und Unruhe leichter entfernen. Kretz und Paul Lenger wurden als Wachen am Hintereingang der Herberge postiert, damit Kopffs Plan nicht vorzeitig vereitelt würde. Man fand schließlich zwei brauchbare Eisenstangen am lockeren Geländer einer Treppe, die zum Rio Ega hinabführte.

Antonius Viermann machte seine Sache vortrefflich. Er schrie wie am Spieß und bollerte mit einem Holzscheit so heftig gegen die Fensterläden, dass das Haus im Nu hellwach war und die Soldaten schlaftrunken mit ihren Hellebarden auf die Straße stürzten. Im selben Augenblick begannen die Glocken von San Sepulcro die mitternächtliche Stille aufzuschrecken. Dumpf rollten die Töne über die schlafende Stadt. Während der Schneider die Landsknechte von der Herberge weglockte, drangen die Kameraden wie verabredet in den Keller ein. Es dauerte einige Minuten, bis das Schloss nachgab. Kopff und seinen Helfern rann der Schweiß von der Stirn – aber dann sprang die Tür auf, und drei Gestalten mit bleichen Gesichtern krochen ihnen entgegen.

»Michel«, keuchte der Schmied. Dann lagen sie sich in den Armen.

»Los, kommt, der Weg nach draußen ist frei!«

»Das Gepäck!« rief der Schmied und suchte in der Dunkelheit nach der schlichten Pilgerhabe. Er hatte sich trotz aller Bedrängnis nicht vom Eigentum der Freunde trennen lassen.

Sie, die umherirrten in der Wüste, im Ödland, und den Weg zur wohnlichen Stadt nicht fanden, die Hunger litten und Durst, denen das Leben dahinschwand, die dann in ihrer Bedrängnis schrien zum Herrn, die er ihren Ängsten entriss und die er führte auf geraden Wegen, so dass sie zur wohnlichen Stadt gelangten: sie alle sollen dem Herrn danken für seine Huld, für sein wunderbares Tun an den Menschen, weil er die lechzende Seele sättigt, die hungernde Seele mit seinen Gaben erfüllt hat. Sie, die saßen in Dunkel und Finsternis, gefangen in Elend und Eisen, die … er herausführte aus Dunkel und Finsternis, und deren Fesseln er zerbrach: sie alle sollen dem Herrn danken für seine Huld, für sein wunderbares Tun an den Menschen, weil er die ehernen Tore zerbrochen, die eisernen Riegel zerschlagen hat …-

War es dem Schmied nicht ergangen wie den Erlösten, die im fünften Buch der Psalmen ein Danklied anstimmen zum Lobe des Herrn? Franz Lauterbrunn schwieg in dieser Nacht. Er konnte seine Gedanken nicht ordnen, weil zu viel auf ihn einstürzte. Doch das Gefühl unsagbarer Dankbarkeit füllte ihn aus.

»Die Sache ging einfacher ab, als wir sie uns vorgestellt haben«, sagte Kopff, während sie mit Rücksicht auf Kretz' Fuß am Weg rasteten und das erste Licht des Morgens heraufziehen sahen, »aber wer hat das voraussehen können?«

»Wir mussten aufs Schlimmste gefasst sein«, nickte Paul Lenger, »und eine Weile saß mir das Herz näher an der Hose als in der Brust.«

»Ich kann euch nur danken, immer wieder danken«, flüsterte der Schmied. Seine großen Hände zitterten.

»Lass es gut sein«, lachte der Schneider. »Mir hat das Unternehmen Spaß gemacht. Hab' ich viel zu erzählen, wenn ich daheim bin!«

»Die halbe Stadt war wie verrückt auf den Beinen«, bemerkte einer der Deutschen, die das Glockenläuten übernommen hatten. »Wir sahen die Leute aus ihren Häusern rennen, barfuß, im Nachtgewand, einige mit Lichtern in den Händen. Sie stürzten auf die Kirche zu. Da hieß es für uns, die Beine auf den Rücken nehmen!«

Die beiden Männer, die mit dem Schmied in die Falle der Soldatenwerber gegangen waren, hatten sich ihnen angeschlossen. Sie beteuerten immer wieder ihre Dankbarkeit, indem sie sich vor Kopff verbeugten und ihm die

Hände zu schütteln versuchten. Es waren Pilger aus Island, die bei einem Landaufenthalt in den Niederlanden ihr Schiff verpasst und die weite Strecke nach Kastilien zu Fuß zurückgelegt hatten. Sie wollten nicht länger allein weiterziehen und waren dankbar, in der Gemeinschaft einen Rückhalt zu finden. –

Etwa tausend italienische Pilgerinnen und Pilger befanden sich auf dem Weg nach Santiago de Compostela. Aber einer der Flüsse, die im Frühjahr mit der Schneeschmelze zu gefährlichen Strömen anwachsen, machte ihnen das Überqueren des Wassers unmöglich. Zwar gab es einen schwankenden Brückensteg, jedoch niemand traute sich, die überspülten Bohlen zu betreten. Da trat eine Frau, Bona mit Namen und in Pisa zu Hause, hervor, hob flehentlich die Arme zum Himmel und bat den hl. Jakobus und alle Heiligen um Schutz und Hilfe. Dann ging sie beherzt auf die Brücke, gefolgt von den mutigen Männern und Frauen. Ohne Schaden erreichten alle das andere Ufer. Augenzeugen erzählten später mit Begeisterung: Während Bona die Arme zum Gebet erhob, hätten die Heiligen die Brücke gestützt, so dass alle hinüber gelangten. Bona begleitete des Öfteren Pilgergruppen nach Compostela. Sie wurde später als Heilige verehrt.

Mag sein, dass solche Geschehnisse den hl. Dominikus bewegten, für das Wohl der Pilgerströme auf den Wegen zu sorgen. Er ging als Straßen- und Brückenbauer in die Geschichte ein. Santo Domingo de la Calzada – St. Dominikus von der Landstraße – war ein Ort, an dem sich die deutschen Pilger und jene, die sich ihnen angeschlossen hatten, eine mehrtägige Ruhepause gönnten. Sie standen noch im Bann des Abenteuers von Estella und hatten sich nicht getraut, in Logroño am Rio Ebro zu bleiben. Sie besuchten nur die Kirchen Santa María de

Palacio und San Bartolomé und eilten dann weiter nach Nájera am Rio Najerilla, wo García IV., Sohn Sanchos des Großen, und seine Gemahlin Doña Estefania das Kloster Santa María und eine Pilgerherberge errichten ließen. Jedoch auch hier bewegten sie sich unter dem Eindruck des Erlebnisses von Estella, ja, es schien sich erst jetzt in seinen Ausmaßen bewusst vor ihre Augen zu stellen, so dass sie frühestens in Santo Domingo an einen längeren Aufenthalt denken konnten. Die Grenze war ihnen noch immer zu nah und bedrohlich. Aber konnten nicht auch in Kastilien die gleichen Gefahren auf sie warten …? Sie mieden die Nähe von Soldaten oder Personen, die Uniformen trugen, um jeder Auseinandersetzung aus dem Wege zu gehen.

Während Paul Lenger und der Sohler Hans den Umweg über die Benediktinerabtei San Millán de la Cogolla mit dem alten Kloster Suso nicht scheuten, strebten die anderen also dem Schutz des hl. Dominikus zu, der von 1019 bis 1109 lebte und in dieser Zeit nicht nur den Pilgerweg von Nájera bis Redecilla ausbaute, sondern auch die Brücke über den Rio Oja mit ihren 22 Bögen sowie ein Hospiz und ein Krankenhaus schuf. In einer der frühesten gotischen Kirchen Spaniens hat der Heilige seine letzte Ruhestätte gefunden.

Kretz, dessen Fuß noch immer stark schmerzte, hörte in der Schenke bewegt die Wundergeschichte, die der Wirt zum Besten gab: Einer seiner Vorfahren besaß ein hübsches Töchterlein, das sich in den Sohn eines deutschen Pilgerehepaares verliebte. Der junge Mann erwiderte die Liebe nicht, sehr zum Leidwesen der Señorita, die der verschmähten Liebe wegen auf Rache sann und einen silbernen Becher im Gepäck des jungen Mannes versteckte. Anderntags wurde er des Diebstahls bezichtigt und kam vor Gericht. Er mochte seine Unschuld noch so sehr beteuern, der Richter schenkte der Wirtstochter mehr Glauben als dem Pilger und ließ ihn am Galgen baumeln. Die gramgebeugten Eltern wallfahrteten allein nach Compostela. Wie groß war ihre Freude, als sie auf der Rückreise ihren Sohn lebend am Galgen fanden, wundersam errettet vom hl. Domingo. Der Richter, dem man die Sache berichtete, mochte die Mär nicht glauben. Da er sich gerade zum Mittagsmahl niederließ, um sich zwei gebratene Hühner schmecken zu lassen, erklärte er ärgerlich, der Sohn sei so lebendig wie das Federvieh in der Pfanne. Worauf die Hühner sich gackernd erhoben und zum Fenster hinausflogen.

Zur Erinnerung an die wundersame Rettung des fälschlicherweise verurteilten deutschen Pilgers unterhalten die Spanier in der Kirche des hl. Dominikus von der Straße einen Hühnerstall. Hahn und Hühner erfreuen sich dort eines sorgenfreien Lebens.

Michael Kopff blickte den Wirt, nachdem er seine Erzählung beendet hatte, mal mitleidig, mal hintergründig an, was so viel bedeuten konnte, wie: Schade um deine hübsche Ur-, Ur-, Ur-Anverwandte, oder aber auch: So, so, ein solches Diebesgesindel nennst du deine Vorfahren! Der Wirt, sichtlich unruhig und verlegen, beeilte sich zu versichern, natürlich beruhe die ganze Geschichte auf Überlieferungen. Seine Mutter selig habe sie von ihrer Mutter gehört und diese wieder von … Ja, und außerdem werde die ganze Angelegenheit ja auch in Toulouse berichtet, wo der hl. Jakobus höchstpersönlich sich um die Rettung des armen Pilgers am Galgen bemühte, nachdem ein ruchloser Wirt diesem den Silberbecher ins Gepäck geschmuggelt habe.

»Und, was ist mit dem Wirt passiert?«, fragte Michael Kopff scheinheilig.

Der Wirt trocknete seine feuchten Hände an der Latzschürze. »Er nahm die Stelle des jungen Mannes ein und hauchte am Galgen sein Leben aus. Doch dort kommt das Essen, Señores, Huhn auf Reis, gewiss schmackhafter als das Mittagsmahl des Richters. Ich wünsche guten Appetit.« Während die Freunde zu Tisch saßen, organisierte Kopff für alle je eine Hühnerfeder, was im Volksmund einen glücklichen Ausgang der Pilgerfahrt bedeutet.

Die Krise in Burgos

Den »Finstern Stern« wollen wir lan stahn
und wollen zu Salvator eingahn
groß Wunderzeichen anschauen:
So rufen wir Gott und Sant Jakob an
und unser lieben Frauen.

Bei Sant Jakob vergibt man Pein und Schuld,
der liebe Gott sei uns allen hold
in seinem höchsten Throne!
Der Sant Jakob dienen tut,
der lieb Gott soll ihm lohnen.

»Ich habe bisher viele Überraschungen auf diesem Wege erlebt«, wunderte sich Michael Kopff und nestelte die Feder an seinen Pilgerhut, »die größte jedoch ist, dass die Hühner nach dem Verlust fast aller Schwanzfedern weiter so glücklich in den Tag hinein leben.«

»Vielleicht«, meinte der Schmied, »hat der hl. Jakobus auch hier seine Hände im Spiel.«

»Armer Jakobus«, flüsterte Kretz, die Schmerzen in seinem Fuß mühsam verbeißend, »wann kommt der Heilige eigentlich einmal zur Ruhe?« Der Fährmann getraute sich nicht, den Apostel in einer persönlichen Sache anzurufen, nach so großer Beanspruchung durch endlose Pilgerscharen auf dem Camino de Santiago. Bei jedem der zahllosen Schritte in Richtung Westen spürte er einen stechenden Schmerz, der sich in der Wade fortsetzte und das ganze

Bein zu erfassen drohte. »Hinkefuß«, dachte Kretz, die Kinder haben Recht, es ist nicht viel mit dir los. Du bist ein Krüppel und bleibst es, und keine Macht der Welt kann daran etwas ändern! Er biss die Zähne aufeinander, seine Lippen bebten.

Reiß dich am Riemen, Kretz, hämmerte es in seinem Kopf. Du darfst jetzt nicht schlappmachen, hörst du? Du hast noch ein gehöriges Pensum vor dir, bis du die Kathedrale von Compostela vor Augen siehst. Wie oft hast du dir diesen Augenblick vorgestellt, ihn in Gedanken ausgemalt? Du stehst auf dem Freudenberg und blickst in das Land der Verheißung. Allerdings darf es dir nicht so ergehen wie Moses, der nach der langen Wüstenwanderung das Ziel vor Augen sah, es aber dennoch nicht erreichte. Was Gott Moses verwehrte, sollte ihm, Kretz, gewährt werden? Wie anmaßend bist du, dachte Kretz. Wer bist du denn? Kein von Gott ausgewählter Führer eines geheiligten Volkes, du bist ein jämmerlicher Fährmann an einem Fluss, du geleitest allenfalls ein paar Fahrgäste über den Strom und überlässt sie dann ihrem weiteren Schicksal. Du bist kein Führer, Kretz, niemand, der befiehlt. Du darfst dich anschließen, ja, und anpassen, mitgehen in der Menge.

Allein wärst du doch längst vor die Hunde gegangen auf diesem Weg der Maßlosigkeit. Maßlos, ja, maßlos bist du gewesen, Kretz, als du dir Santiago in deinen Träumen ausmaltest als ein Geschenk des Himmels. Du hättest es wissen müssen, Kretz, dass dieses Geschenk ein paar Nummern zu groß für dich ist. Du in deiner Erbärmlichkeit, mit deinem Hinkefuß, der sich mühsam über die Dorfstraße quält, du hättest es wissen müssen, dass dieser Fuß nicht geschaffen war, ans Ende der Welt zu gehen, deinen Körper zu tragen und die Last der Sünden dort loszuwerden.

Nun jammere nicht, du bist selbst schuld. Du in deiner

übertriebenen Geltungssucht. Vor der Dorfgemeinde als Held dastehen wolltest du, Kretz. Seht, schaut alle her, das ist der Mann, der das Ende der Welt gesehen hat. Pfui, Kretz! Andere tun ihre Arbeit daheim, bleiben unauffällig in ihrem Leben und ihren Gebeten, rufen die Heiligen und die selige Jungfrau nicht wegen eines hinkenden Fußes an. Und du jammerst vor dich hin und torkelst westwärts, ohne Blick für die Welt, die Gott um dich aufgebaut hat. Denn deine Augen sind verschleiert von den Tränen des Schmerzes, und deshalb siehst du die Schöpfung nicht, nicht die vielen gewaltigen und kleinen Werke der Kunst, die Pilger seit Jahrhunderten zum Lobe Gottes an diesem Wege errichten.

Du hast den Taufstein in Redecilla nicht gesehen, der die Stadt Jerusalem darstellt mit ihren Toren und Zinnen, noch die Kirche Santa María de Belén in Belorado. Du bist an der Eremitage des hl. Lazarus vorübergestolpert und hättest allen Grund gehabt, dich der Fürsprache des leidenden Mitbruders anzuvertrauen. Du hast den Anblick des berühmten Weihwasserbeckens in der Kirche Santiago in Villafranca de Montes de Oca verpasst, das aus einer der größten Muscheln besteht, die je gefunden wurden, weil du an den Aufstieg in die Oca-Berge dachtest und den beschwerlichen Gang über Heideflächen, durch Kiefernhaine und Zwergeichenwälder. Du hast das große Kloster San Juan de Ortega gemieden, weil es dir in der Pilgerherberge zu dreckig war. Dabei hätte dir ein Gebet am Grab des Heiligen, der wie Dominikus ein vortrefflicher Wege- und Brückenbauer war, gutgetan. Und jetzt wankst du blind vor Schmerzen über die Straße Las Calzadas in Burgos ein, einem Höhepunkt jeder Jakobuspilgerreise, und dein verzerrter Blick sieht die noch nicht vollendete Kathedrale wie verschwommene Schemen.

Du sinkst vor dem Bild des leidenden Christus in die Knie, eher vor Erschöpfung denn vor Demut, obgleich das Bild, das in der Kirche der Augustiner über deinem Haupt schwebt, selbst Michael Kopff in die Knie zwingt. Es gibt kaum eine Nachbildung des gequälten Herrn, die die Menschen tiefer ergreift. Santíssimo Christo. Woher bist du gekommen in deiner Mitleid heischenden Gestalt? Es gibt Pilgerführer, die sagen, Nikodemus habe das Abbild am Kreuz deinem Leib auf Golgota nachgeformt. Dann wäre ihm jede Faser deines Leidens im Gedächtnis geblieben, jede Blutspur auf deinem geheiligten Antlitz unter den Krallen der Dornenkrone, die blutigen Male deiner Hände und Füße sowie der Schnitt der dein Herz berührenden Seitenwunde. In einer Kiste seist du übers Meer getrieben nach Flandern, wo dich ein Kaufmann aus Burgos erwarb und den Augustinern seiner Heimatstadt schenkte. Man erzählt, manchmal schwitze dein Leib, und das Haar deines Bartes wachse, deine Nägel müssten beschnitten werden – so lebendig lebtest du unter den Menschen.

Du siehst das auf den rechten Arm gesunkene Antlitz und erkennst in ihm deine Züge, Kretz. Und du spürst zugleich, wie sich das Bild des Gekreuzigten aus der Todesstarre löst und sich mit deinem vereint. So durchdrungen seid ihr einen Augenblick lang im Leid, dass ihr eins seid. Deine Schmerzen werden zu denen des am Kreuz gestorbenen Herrn, und du, Kretz, fühlst dich gedrungen, freiwillig einen Teil der Schmerzen auf dich zu nehmen, die das Kreuz dem Sohn Gottes verursacht. Liebe hält euch zusammen, es sind nicht die Nägel in den Wunden, noch ist es der Schmerz in deinem Fuß, Kretz, der Schmerz, der aufsteigt wie ein Baum und wie ein Baum groß wird, ein Kreuzesbaum, der aus dir wächst, der sich verästelt, bis du mit ausgebreiteten Armen vornübersinkst, unbemerkt zunächst, aber dann unter dem Aufschrei einer neben dir knieenden Frau, der die Freunde auffahren lässt und auf dich aufmerksam macht.

»Kretz, ist dir nicht gut? He, Kretz, was ist mit dir?«, flüsterte der Schmied aufgeregt. Er riss den wie tot daliegenden Körper vom steinernen Grund.

Kretz hatte einen Traum. Er lag unter freiem Himmel, die Nacht war mild und voller Düfte, und über ihm wölbte sich einem silbernen Regenbogen gleich ein glitzerndes Band Abertausender von Sternen. Wie kostbare Perlen an einer endlosen Schnur verbanden sie die Enden der Welt. Über den Sternenweg näherte sich ein Ritter von vornehmer Herkunft. Majestätisch saß er auf dem Tier, das nach der Art eines Turnierpferdes bekleidet war, und die Gestalt trug eine weiße Rüstung. In der behandschuhten Rechten hielt der Fremde eine lange Lanze, deren Spitze mit einem Wimpel geziert war, und in der Linken einen Schild mit dem Zeichen des Kreuzes. Auf dem Kopf saß ihm ein Helm mit aufgeklapptem Visier. Kretz sah deutlich die hellblauen Augen, die ihn freundlich musterten.

»Erkennst du mich nicht, Kretz, Fährmann zu Heristal?«, fragte eine dunkle Stimme. »Ich begleite dich bereits seit vier Monden auf deinem Weg und wache über dich. Du stehst unter meinem besonderen Schutz, denn ich weiß, wie schwer dir die Wallfahrt nach Compostela fällt. Dein rechter Fuß macht dir zu schaffen, und du trägst an der Last der Pilgerschaft wie ein Sünder an seiner Schuld. Aber wisse, ich verlasse dich nicht, und wenn du am Ziel deiner Wanderung angelangt bist, hast du nicht nur deine, sondern die Seelen vieler Menschen gerettet, so hoch wertet Gott die Mühen, die du auf dich genommen hast.«

»St. Jakob«, flüsterte Kretz, »St. Jakob …«

»Ja, ich bin es, Kretz. Du siehst mich in dem Bild, das die Christen von mir gezeichnet haben, als sie mich anriefen im Kampf gegen die Mauren, die weite Teile dieses Landes besetzt hielten. Im Vertrauen auf meine Hilfe schlug Ramiro I. von Asturien am 23. Mai 844 den Cordobeser Abderramán II. bei Clavijo und rettete so die Königreiche Kastiliens vor dem Einfluss einer fremden Religion.«

»St. Jakob«, flüsterte Kretz abermals, »St. Jakob.«

»Er fiebert«, sagte der Schneider und tänzelte von einem Bein auf das andere. »Er hat den Verstand verloren.«

Die Getreuen umstanden das Bett in einem kleinen Hospiz im Nordwesten von Burgos. Der Schmied tauchte alle Augenblicke ein Tuch in kaltes Wasser und betupfte Kretz die heiße, mit Schweißperlen besetzte Stirn. Kopff und die Freunde blickten düster vor sich hin.

»Wir hätten uns eine längere Ruhepause in Santo Domingo oder später gönnen sollen, statt in der Julihitze der Meseta weiterzumarschieren«, maulte der Schneider. »Die Welt war wie ein glühender Ofen, und die Sonne stand senkrecht am Himmel. Warum sind wir nicht ein paar Tage im Hospital de San Antón geblieben? Das Haus war sehr gastlich, und gegen ein wenig Mithilfe in der Wirtschaft hätten die barmherzigen Brüder uns gern eine Weile Obdach und zu essen gegeben. Nun haben wir die Bescherung.«

»Die anderen sind auch gegangen«, brummte der Schmied. »Wir durften den Anschluss nicht verlieren.«

»Die anderen …, die anderen … Was interessieren uns die Pilger aus Nantes, Poitiers, aus Amiens und Dieppe. Mögen sie ziehen, wir kommen auch ohne sie ans Ziel.«

»Unter den Franken ist manch einer, der den Weg das

zweite- und drittemal geht. Sie haben Erfahrung, kennen sich aus. Sie waren uns streckenweise eine große Hilfe.«

»Ausreden, faule Ausreden«, beharrte Antonius Viermann auf seinem Standpunkt. »Wir haben uns gegenseitig Rücksicht geschworen, aber ihr habt den Kretz angetrieben wie einen müden Gaul.«

»Still jetzt, du Nadelschwinger«, zischte Michael Kopff. »Mit deinem Gejammer machst du die Lage auch nicht besser.«

»St. Jakob«, flüsterte Kretz, »St. Jakob …«

Der hl. Jakobus schob die Lanze beiseite und neigte sich vom Pferd tief zu Kretz herab, dabei strich er ihm mit der Eisenhand sanft über die heiße Wange. Die Eisenhand war kalt, und sie verschaffte dem Kranken Linderung. »Denk an meine Worte, Kretz«, sagte St. Jakob. »Ich werde dich nicht verlassen.«

Kretz schlug die Augen auf und blickte sich um.

»Er lebt! Er lebt!«, rief der Schneider. »Seht her, er kommt zu sich.«

»Ist er weg?« fragte Kretz enttäuscht.

»Wer?«

»Der heilige Apostel auf seinem Pferd.«

Kopff und der Schmied warfen sich fragende Blicke zu.

»Es war niemand hier – zu Pferd«, erwiderte Kopff.

Der Schmied wrang das Tuch aus und machte eine neue Kompresse. »Du hast geträumt, Kretz«, nickte er.

»Nein, nein!« Der Fährmann versuchte sich im Bett aufzurichten. »Er war wirklich da! Geharnischt und gespornt wie der Ritter in der Schlacht bei Clavijo.«

»Ist in Ordnung, Kretz. Schlaf jetzt, mach die Augen zu. Du bist noch sehr geschwächt.«

Der Schmied drückte den Kranken sanft in die Kissen zurück. »Er braucht noch wenigstens zwei volle Wochen, falls er keinen Rückfall erleidet«, sagte er zu den Kameraden.

Die Tür öffnete sich leise und ein Mönch schaute herein. Er trug ein blaues Kreuz auf der Brust.

»Es ist noch zu früh, gascognischer Bauernschädel, dem Kranken die Sterbesakramente zu spenden. St. Jakob will ihn noch nicht.« Der Schneider versuchte zornig, den Besucher zurückzudrängen.

»Wie willst du das wissen?«, fragte der Mönch. »Ich habe manchen Pilger sterben sehen, und dieser macht dem Aussehen nach keine Ausnahme. Sein Kopf ist siedendheiß. Gewiss ist es das Johannisfeuer.«

»Geht nur, geht!«, rief der Schmied, jedoch der Mönch ließ sich nicht abweisen. Er trat dicht an das Bett und blickte forschend in das Gesicht des Kranken.

»In Aubrac hatten wir mal einen, der zeigte die gleichen Symptome. Schwarze Ränder unter den Augen, eine spitze Nase. Und dazu Wundbrand. Er träumte zwei Tage lang. Schweres Delirium. Danach ging es ihm plötzlich besser – aber kaum 24 Stunden später begruben wir ihn neben der Kapelle.«

»Still, redet nicht so einen Unsinn«, schimpfte Kopff. »Wenn Ihr Euch nützlich machen wollt, betet ein Vaterunser, aber verschwindet mit Eurem Öl.«

Der Mönch seufzte. »Du bist nicht von der feinsten Art. Der lange Weg hat dich verdorben, denn du sprichst eine rauhe Sprache.«

Kopff drohte ihm mit der Hand, die den Eisenring trug.

»Mein Gott, ein Mörder«, seufzte der Mönch. »Wenn Adalard, der Vicomte von Flandern, noch erleben müsste, wer in seiner Stiftung nächtigt …«

»Was meinst du?«

»Dass nicht nur fromme Pilger und edle Frauen, sondern auch Verbrecher zu beherbergen sind. Der Vicomte hat nämlich ein Hospiz in Aubrac gegründet, in der Einöde, 1360 Meter hoch, nachdem er auf der Heimreise von Compostela wie durch ein Wunder einem Überfall von Räubern entronnen war. Ich bin in Aubrac gewesen, in der Dômerie, und später nach hier gekommen.« Der Mönch schüttelte den Kopf. »Nachts und bei Nebel sowie bei Schneetreiben musste ich die Glocke läuten, um verirrte Pilger anzulocken. Aber den da« – er wies auf Kopff – »hätte ich bei mir nicht aufgenommen.«

Kopff schnellte vor, aber Franz Lauterbrunn drehte den angriffslustigen Arm nach unten. »Keinen Streit, Michel«, zischte er. Dann wandte er sich an den Mönch. »Sagt Eure Regel nicht, dass Ihr den Armen als Euren Herren stets den Vortritt gewähren und ihnen als Diener folgen sollt?«

»Gewiss«, erwiderte der Mönch erstaunt, »aber woher weißt du das?«

»Das tut nichts zur Sache. Und nach der Regel des Jean d'Estaing sollt Ihr täglich 300 Vaterunser beten. Habt Ihr das heute schon getan?«

»Noch nicht ganz, Herr, aber was soll Euer Fragen? Bin ich Euch Rechenschaft schuldig über mein Verhalten?«

»So geht, betet und säumet nicht. Denn sonst müsste ich dem Klostervorsteher melden, dass ein armer Jakobiner, der doch wegen seiner Mittellosigkeit mit den ärmsten Brüdern Christi verwandt ist, in diesem Hause beleidigt und geschmäht worden ist. Euer Hospiz in Aubrac, so erzählte mir ein Pilger des Béarn, – hieß es nicht ›Unsere Liebe Frau von den Armen?«

»So ist es. Jedoch wir sind hier nicht in Frankreich.«

»Aber in einer Niederlassung der Augustiner. Mir ist in

Erinnerung geblieben, dass Ihr an 170 Tagen im Jahr Hammelfleisch zu essen bekommt und täglich Roggenbrot, so viel Ihr wollt. Und dazu trinkt Ihr leicht gewässerten Wein. Ist es nicht so?«

Der Mönch wich ein paar Schritte zurück und starrte den Schmied wie ein Weltwunder an.

»Nun überlegt, ob Ihr für uns ebenso gesorgt habt wie für Euer eigenes Wohlergehen.«

Der Mönch blickte sich scheu um und huschte hinaus.

Kopff konnte sich vor Lachen nicht halten, doch der Schmied bedeutete mit einem Fingerzeig auf Kretz, still zu sein.

»Ich habe dich auf dem ganzen Pilgerweg nicht so viel an einem Stück reden hören wie in diesem Augenblick«, flüsterte der Schneider, sein meckerndes Gelächter nur mühsam unterdrückend. »Franz, du bist meiner Freundschaft wert.«

»Ist schon gut, Tünn«, brummte der Schmied und staunte selbst über seine plötzliche Wortgewandtheit. Ob dies eine Eingebung des hl. Apostels war? Sein Reden blieb indes nicht ohne Wirkung. Nach einer Weile öffnete sich die Tür einen Spalt, und der Küchenjunge trug ein Tablett herein mit Käse, Oliven, Roggenbrot und einer Flasche Wein.

»Das schönste Geschenk des Tages«, sagte der Schneider zwischen zwei Bissen in das vollkörnige Brot, »ist, dass du, Franz, zum erstenmal ›Tünn‹ gesagt hast. Tünn nennen mich nur meine besten Freunde.«

Die Straße der Künstler und Coquillarden

Über heiße Berge und rote Erde
führt mein Weg
vorbei an Feldern der Einsamkeit,
wo Nachtigallen klagen.
Der Eremit am Tor,
der Hirt am Steg.
Lebt wohl, Santiago ruft!
Kyrie eleison!
*Cántico español*o

Um das Jahr 1070 pilgerten dreißig Männer aus Lothringen nach Compostela. Sie schwuren einander Treue und Hilfe, was unterwegs auch geschähe. Einer aber enthielt sich des Schwurs. Als jemand der Pilger erkrankte, blieben die Kameraden fünfzehn Tage bei ihm, dann jedoch war ihnen das Warten zu lang, und sie gingen ohne den Kranken weiter. Der Pilger, der den Schwur nicht abgelegt hatte, hielt bei dem Kranken aus, versorgte und pflegte ihn. Allein, seine Mühen waren vergebens, denn der Kranke starb. Da ergriff den Pilger große Furcht, denn nun war er mit dem Toten allein, und er fürchtete sich auch vor den wilden Menschen der fremden Umgebung.

Da erschien ihm der hl. Jakobus in Gestalt eines Reiters und sagte: »Sei getrost, mein Freund, ich werde dir helfen. Nimm den Toten und setze dich mit ihm hinter mich auf mein Pferd.« Sie ritten in der Nacht fünfzehn Tagereisen weit und kamen vor Sonnenaufgang zum Berg der Freuden, von wo aus die Pilger die Stadt Compostela vor sich sehen. Dort verließ der Heilige die beiden und sagte zum Abschied: »Geh nun, sage den Kanonikern von St. Jakob, sie möchten den toten Pilgrim in Würde bestatten. Deinen Mitpilgern aber richte aus, dass ihre Wallfahrt nicht gilt. Denn sie haben ein Gelübde gebrochen.«

Der Pilger tat, wie ihm geheißen. Die Kameraden wunderten sich, was St. Jakob ihm angetan und gesagt hatte.

Kein Strom kommt aus dem Nichts. Er speist sich aus Quellen, Bächen und Flüssen, die aus allen Himmelsrichtungen den Weg zu ihm suchen und ihn mit ihren Wassern bereichern und wachsen lassen – zuweilen bis zur Bedrohlichkeit. Der Pilgerstrom, den die vier sich in Navarra vereinigenden Straßen auf die Route nach Westen führten, wuchs von Tag zu Tag. Ganze Karawanen waren unterwegs, zu Hunderten zogen die Wallfahrer durch aufblühende Orte und reich werdende Städte. Die Pilgerfahrt befruchtete nicht nur das Leben der Kirchen und Klöster, der Hospize und Herbergen, sie bereicherte auch den Handel, förderte den Austausch der Waren – Wolle, Leder, Pferde und Getreide – über Grenzen hinweg und bescherte als wohl kostbarstes Geschenk die Früchte der Kultur. Der Weg nach Compostela war eine Straße der Bauleute, der Architekten, Zeichner und Steinmetze, der Bildhauer und Glaser. Großzügig beschenkte Abteien wetteiferten um ihre Gunst, bedeutende Wallfahrtskirchen, durch die Gaben der reichen Pilger zu Wohlstand und Ansehen gelangt, lockten mit Versprechungen und Angeboten. Die Künstler vollendeten die Wallfahrt in ihren Werken, in den bildhaften Zeugnissen des Weges. Sie redeten in einer Sprache, die jedermann verstand.

Kretz und seine Freunde antworteten mit einem ehrfürchtigen Staunen vor ihrer Größe und Schönheit. Sie fassten ihre Eindrücke nicht in Worte, sondern in die Erhabenheit der Gefühle. Sie standen und schwiegen, und ihre Augen suchten den Himmel in den hohen Gewölben, die auf sich verjüngenden Pfeilern ruhten. In diesen Augenblicken schien eine unbekannte Macht die Erdenschwere unter ihren Sohlen wegzuziehen, die spürten die wunden Füße nicht mehr, und es war ihnen, als bedürfe es nur einer Kleinigkeit, eines Anstoßes, um in den lichtdurchfluteten Kirchenhimmel hinaufzuschweben. Manchmal vertiefte die Landschaft diesen Eindruck. Beispielsweise unter der Sonnenglut der Meseta, die die Weite dehnte, als wäre jede Meile nun doppelt lang. Endlos wogten die Kornfelder, Schafherden wirbelten rötliche Staubwolken auf, der Himmel neigte sein flirrendes Antlitz tief zu den Pilgern hinab. Dann waren sie der Ewigkeit so nahe wie in den Gotteshäusern, und das Firmament mit seiner azurblauen Wölbung baute um sie einen Dom des Schweigens und der Harmonie.

Das Geschrei auf den Straßen holte sie in die Wirklichkeit zurück. Traten sie aus den kühlen Kirchen in die grelle Tageshelle, so überschütteten die Geräusche des Alltags die tiefen Gefühle der soeben genossenen Stunde. Immer wieder unterwarfen sie sich dem spießrutenähnlichen Vorgang, dass sie aus der behüteten Stille, die ihrem Bedürfnis nach Sammlung entsprach, in eine fremde, unfreundliche Welt hinauskamen, in eine Welt des Lärms, der Ablenkung, der Gefahr und Bedrohung. Je weiter sie nach Westen wanderten und je mehr sich die Kirchen an Zahl verdichteten, um so überzeugender und glaubhafter wurde das Gleichnis: Ein Stück des Sternbildes der Milchstraße hatte seine Entsprechung auf dieser Erde in den strahlenden Gotteshäusern am Weg nach Santiago de Compostela.

Zu dieser Sternenkette gehörte die Stiftskirche in Santa María del Manzano – hl. Maria vom Apfelbaum – in Castrojeriz, dem alten römischen Castrum Caesaris, deren Templerburg wie ein Scherenschnitt über der Ebene am Abendhimmel stand. Ferner die Kirche des hl. Jakobus in Frómista mit ihrer klaren romanischen Gliederung und den putzigen Tiergestalten und Fabelwesen am Gesimse der Dächer. Dazu zählte auch die Templerkirche in Santa María la Blanca in Villalcazar de Sierga, die sich aus Lehmhütten, Scheunen und niedrigen Bauernhäusern wie eine Wehrburg Gottes erhob und deren Portal ein Tedeum an Formen und Bildern war. Nicht zu vergessen das dem hl. Jakobus geweihte Gotteshaus in Carrion de los Condes, der größten Ortschaft der Tierra de Campos, wo die Archivolten des Portals Menschen bei ihrer täglichen Arbeit ins Bild rückten, Berufe verewigt in Stein, aber auch ihre bescheidenen Freuden bei Musik und Feier.

Hatte man den Rio Valderaduey überschritten, so tauchte ein weiteres Glied in der Sternenkette auf: Wie eine Fata Morgana wuchsen aus der Weite des Himmels die mächtigen viereckigen Türme der Stadt Sahagún. Ziegelsteinbauten im Mudéjarstil mit der wohltuenden Gliederung der rhythmisch angeordneten Fensterreihen vermittelten den Pilgern eine Ahnung von der Baukunst islamischer Architekten und an maurischer Tradition geschulter Konventualen. In Sahagún erzählten die »schwarzen Mönche« den Pilgern eine Legende von Karl dem Großen, der hier gegen den mohammedanischen Riesen

Aigolando angetreten sei. Die Lanzen seiner Krieger, die in der Schlacht am Rio Cea fielen, sollen sich am Vortag begrünt haben. Die Benediktiner von Cluny unterhielten an vielen bedeutenden Rastorten des Weges Klöster und Hospize. Sie waren hervorragende Bauleute und Seelsorger und stellten gar mehrere Bischöfe im Land.

Als einer der schönsten Orte am Weg nach Santiago de Compostela blieb Kretz später das Kloster San Miguel de Escalada in Erinnerung. Es war die leuchtendste Perle auf der Sternenkette wertvoller Bauten. Die Hitze der Meseta lag hinter ihnen und auch die Hochebene von Sahagún, nun führte der Weg ins Paradies. Wasser, Wiesen, ein Klatschmohnfeld, Weinberge, Obstgärten, Buschwerk und Bäume und inmitten der verschwenderischen Hand Gottes ein Kloster, ein Dreiklang geistiger Harmonie: ein Turm, klotzig, westgotisches Gemäuer mit romanischen Rundbögen; die strenge Baugliederung der Basilika am Langhaus und ihm vorgelagert der leicht beschwingliche Arkadengang mit den Hufeisenbögen islamischer Prägung. Wenn man die Stille des begnadeten Ortes in den Pilgersack stecken und heimtragen könnte, wäre das ein herrliches Geschenk, dachte Kretz, als er sich mit den Kameraden in der Nähe des Bogengangs zur Siesta niedersetzte. Keiner der deutschen Wallfahrer in ihrem Umfeld kannte die Fachausdrücke, mit denen die Baumeister die Architekturen belegten, aber sie spürten gefühlsmäßig, dass hier eine übergreifende, alle Anschauungen verbindende, alle Religionen vereinende Harmonie vorherrschte, für die nur Gott die Regeln aufgestellt haben konnte.

Kretz hatte die Krisis gut überstanden, die Krankheit des rechten Fußes, der bis zur Unförmigkeit angeschwollen gewesen war und das ganze Bein in Mitleidenschaft gezogen hatte. Dank der schließlich doch guten Pflege im Hospiz zu Burgos, zu der der Schmied seinen Teil beigetragen hatte, und der Erholung in einer Eremitage am Rio Arroya in der Nähe von Rabe de las Calzadas fühlte er sich so wohl, dass er für den letzten Teil der Pilgerfahrt nicht fürchtete, obgleich die Schmerzen sich nie ganz verflüchtigten und der Fuß nach Meinung eines Arztes immer anfällig bleiben würde.

Mit Rücksicht auf Kretz hatten die Kameraden nur das halbe des ursprünglich vorgesehenen Tagespensums beschlossen. Sie kamen nun langsamer voran. Pilgergruppen, die nach ihnen aufgebrochen waren, überholten sie. Auch die beiden Isländer, die dringend den Anschluss an ihre Pilgergesellschaft suchten, weil sie ihr Schiff nicht abermals verpassen durften, schlossen sich den Eiligeren an. Kretz missbilligte die Rücksichtnahme auf seine Person. Immer wieder bat er die Freunde, ohne ihn vorauszugehen, jedoch stieß er auf einhellige Ablehnung.

»Wir sind zusammen aufgebrochen zu dieser beschwerlichen Reise, wir werden gemeinsam am Ziel ankommen und – wenn es der Wille Gottes ist – auch die Heimfahrt in Gemeinschaft antreten«, sagte der Schmied mit Nachdruck und fand keine Widerrede.

Über diese Verzögerungen war der Monat August mannhaft und stark ins Land getreten mit Händen voller Früchte und in seinem Schlepp Gärten voller Obst und Gemüse. Der Wein glühte in den Trauben seiner Reife entgegen, das Korn fiel unter der Sichel, und über den Feldern stand der Staub rötlich in Fahnen und legte sich den Pilgern auf die Brust. Die Wallfahrer hielten Ausschau nach dem Blau der Flüsse, die wichtige Etappen am Weg nach León waren. Der Rio Esla, den sie in Mansilla de Las Mulas erreichten, und der Rio Porma, auf den sie bei Puente Villarente stießen. In der dortigen Pilgerherberge suchte ein Mann ihre Bekanntschaft, der ihnen bereits einen halben Tag unauffällig gefolgt war. Nur Michael Kopff hatte ihn bemerkt und nicht aus den Augen gelassen, ohne den Freunden davon zu berichten. Er trug das Kleid eines Pilgers, der weite Kragen seines Umhangs war von Muscheln übersät. Als er sich den Wallfahrern näherte, machte er eine ehrfurchtsvolle Verbeugung, dabei zog er den Hut und legte die linke Hand respektvoll auf den Rücken. Er sprach wider Erwarten deutsch.

»Ich möchte mich nicht aufdrängen. Erbitte nur einen Augenblick Gehör. Ich sehe, wie euch die Pilgerfahrt Mühen bereitet. Wozu, meine Freunde, quält ihr euch? Gott ist barmherzig. Er sieht nicht auf die Länge der Strecke, sondern auf den guten Willen eures Herzens. Ich kenne einen Mönch, Matthäi mit Namen, im Kloster von San Marcos in León, das ihr morgen, so Gott will, erreichen werdet. Er steht mit dem Himmel im Bunde, hört die Stimmen der Engel und vernimmt gar das Wort unseres himmlischen Vaters. Wenn der Mönch Gott anfleht, er möge eure Pilgerfahrt bereits in León als vollzogen annehmen, so erspart ihr euch die weitere gefahrvolle Reise. Bedenkt: Der Aufstieg zum Rabanal- und zum Cebrero-Pass hat manchem Pilger das Leben gekostet. Selbst wenn ihr es schafft, wer weiß, was euch am Ende der Wallfahrt erwartet? Mit jedem Schritt nach Westen an das Ende der Welt tretet ihr näher an den Rand der Hölle. Wisst ihr, ob ihr nicht verworfen seid und von den Stürmen und Regenschauern in die Feuerschlünde geschleudert werdet? Ich habe manchen Schrei bei Nacht gehört. Denn nicht von allen Pilgern nimmt Gott das Opfer des Weges an. Wenn ich nun, meine Freunde, den

Mönch in San Marco bitte, bei Gott für euch ein gutes Wort einzulegen – das Seelenheil wäre euch gewiss. Der allerhöchste Herr neigt sein Ohr gnädig seinem Diener zu und erfüllt gern seine Bitten.«

»Scher' dich zum Teufel, wo du hingehörst«, rief Michael Kopff und drängte den Fremden beiseite. »Ich habe dich lange genug beobachtet. Du führst nur Böses im Schilde.«

»Lass ihn«, wehrte der Schmied ab. »Womöglich hat er Recht? Vielleicht fallen wir wirklich in den Höllenschlund, weil wir nicht würdig sind, gerettet zu werden? Ich habe ein dunkles Verlies kennen gelernt. Aus der Hölle ziehst auch du, Michel, mich nicht heraus.«

Kretz wusste nicht, was er von dem Mann halten sollte. Er gab sich demütig, wenn er sich beobachtet fühlte, sein Blick war eher der Erde zugewandt. Der Schneider hatte bald heraus, dass im Schatten des Hutes zwei listige Augen die Gruppe musterten.

»Hast du schon einmal von den Coquillarden gehört?«, flüsterte er dem Sohler Hans zu. »Das muss einer von den Muschelbrüdern sein, von den falschen Hunden, die die Pilger um ihre Ersparnisse bringen und mit ihrer Seelenangst Schindluder treiben.«

Der Sohler Hans erwiderte nichts, er wandte sich dem Besucher zu. »Was, guter Mann, müssen wir tun, damit du deinen Freund, den Mönch in San Marco, bittest, Gott möge León zum Ziel unserer Wallfahrt bestimmen und uns dennoch nicht das Paradies vorenthalten?«

»Ihr müsst mir Geld geben für 30 Messen«, erwiderte der Mann eifrig. »Dann müsst ihr einen Beichtvater aufsuchen, der niemals einen Fluch auf den Lippen noch Fleisch gegessen hat und der nichts besitzt außer dem Hemd auf seinem Leib.«

»Soviel Geld haben wir nicht«, sagte der Schmied. »Und einen solchen Priester gibt es nicht unter Gottes Sonne.«

»Gut, dass ihr an mich geraten seid«, ereiferte sich der Fremde. »Ich hätte mich euch nicht zugesellt, wenn ich euch nicht dienen könnte. Ich kenne einen solchen Priester. Allerdings wird er täglich von vielen Menschen beansprucht. Gebt mir ein Goldstück, und ich werde sehen, was sich machen lässt.«

»Ein Goldstück? Ich habe nie eins in der Hand gehabt, geschweige besessen!«, entrüstete sich Michael Kopff. »Merkt ihr denn nicht«, wandte er sich an die Kameraden, »wie er uns zu betrügen versucht?«

»Verschwinde!«, rief nun auch Paul Lenger und gab dem falschen Muschelbruder einen Schubs.

»Ihr werdet das Ende eurer Tage bald erleben«, drohte der Abgewiesene, »und euch meiner Worte erinnern. Dann jedoch ist es zu spät.«

Michael Kopff baute sich vor dem Mann auf. »Noch ein Wort und ich sorge dafür, dass du die Erde mit den Füßen segnest.« Er meinte damit den Galgen. Der Fremde zog sich zurück, um sein Glück am folgenden Morgen bei einer Pilgergruppe aus Piacenza in der Lombardei zu versuchen.

León wimmelte von Menschen. Unter die Einwohner der aufstrebenden Königsstadt, die vom Handel, vor allem aber auch von der Wallfahrt nach Santiago lebte, mischte sich allerlei fremdes Volk, darunter Bettelbrüder, Musikanten, Barbiergesellen, Sänger, Prediger, Kaufleute, Schneider, Prostituierte, Zähneausreißer, Theriakhändler, die mit opiumhaltiger Latwerge gegen Schlangenbiss handeln, Taschen- und Marionettenspieler, falsche Mönche, sogar Häretiker. Die Pilger waren anfällig für Katharer* und die Schüler des Lyonesers Waldo, die Waldenser. Bernard Gui, Großinquisitor von Toulouse, warnte 1316 die Bischöfe Spaniens vor den Gefolgsleuten des 1308 hingerichteten Dolcino, der als einer der gefährlichen Häretiker galt.

* Katharer = größte Sekte des Mittelalters, die durch strenge Askese und apostolische Wanderpredigt besonders auf Laien positiv wirkte. Die katholische Kirche rief wegen der unhaltbaren theologischen Aussagen der Sekte zu Kreuzzügen gegen sie auf.

Zweifel und Zuversicht

Als man mir sagte:
Wir wollen zum Haus des Herrn hingehen,
da freute ich mich,
und nun stehen wir,
Jerusalem, in deinen Toren!

Jerusalem, du gut gebaute,
an allen Orten festgefügte Stadt!
Dort ziehen sie in Scharen hinauf,
die Stämme des Herrn!
Denn so will es Israels Sitte,
dass man ihm dankt.

Was ist Vergebung? Was ist Gnade? Michael Kopff umspannte mit der Rechten den Eisenring am linken Handgelenk. Trotz des Schweißes, den er auf dieser Reise vergossen, und trotz der stillen Gebete, die er unbemerkt von den anderen verrichtet hatte, war das Zeichen seiner Schuld nicht durchgerostet, nicht abgefallen. Kein Wunder des Himmels, auf das so mancher aus ihrem Kreis während der Pilgerfahrt gehofft, war eingetreten, kein Blitzstrahl hatte das Eisen gespalten. Die Stelle der Haut, über die es seit Monaten hin und her glitt, war tief gerötet, hatte sich zeitweise eiternd entzündet. Jede Bewegung schmerzte, doch das Eisen hielt stand.

Was ist Vergebung? Was ist Gnade? Kopff sah sich vor dem Portal von San Isidor in León, vor der Puerta del

Pardón des Meister Esteban, er sah sich vor dem Portal der Vergebung in Villafranca del Bierzo, der letzten Etappe, bevor man Galicien erreicht, wo Franken im Schutz eines Klosters der Clunyazenser siedelten. Die kranken Pilger, die an der Kirche Santiago ankamen, hatten Anspruch auf den Jubiläumsablass. Sie erhielten an diesen Orten die Gnaden des Zieles, der Apostelstadt Compostela. War es Hohn, dass der Muschelbruder ihnen vor León eben diese Gnaden zu verkaufen suchte? Was dort fälschlicherweise erschlichen werden sollte – hier, an den Portalen, offenbarte der Himmel seine Gnaden freiwillig denen, die vor Schwäche das Ziel nicht erreichen würden. »Blib uf sant Jacobs Strass« – wie oft stand dieser Spruch auf den Gräbern deutscher Pilger am Weg nach Galicien …?

Was ist Vergebung? Was ist Gnade? Michael Kopff hatte sich diese Frage im Laufe der Wochen oft gestellt, ohne mit dem Sohler Hans oder auch Kretz darüber zu reden. Es war besser, man legte sich die Antworten zunächst selbst zurecht, bevor man sich der Lächerlichkeit preisgab und durch Unwissenheit glänzte. Vielleicht aber wussten die anderen auch keine plausible Erklärung auf diese Fragen? Sie hatten Kopff selbst in dem schönen León beschäftigt, der alten Königsstadt, in der es vor Klöstern und Kirchen nur so wimmelte, und wo jetzt die letzten Handgriffe an die Kathedrale, die »Pulchra Leonina«, gelegt wurden, die alle als die Krönung sakraler Bauten betrachteten. Kopff hatte weniger Gespür für verschachtelte, verwinkelte und erdrückende Schönheit. Ihm lag das Derbe, das Klare, das Gleichmäßige mit seinen geraden Linien und Formen. Was ist Gotik? Kopff wüsste es nicht. Mochten die anderen die Flut des Lichtes in den bunten Glasfenstern rühmen, das edle Material, die schwingenden Säulen, die versteinerte Musik – die Pilger übertrafen sich in der Beschreibung des Gebäudes –, das alles war ihm so hoch, zu gewaltig, eine Nummer zu groß für sein Verständnis und Empfinden. Andere rühmten zum Beispiel die Freskomalereien in den Gewölben des oberhalb der Basilika San Isidoro gelegenen Pantheons. Der Himmel mit seinen Engeln und Heiligen war greifbar in den Bildern dieses von Säulen getragenen Raumes. Man musste nur auf eine Leiter steigen, so wurde erzählt, um die Gewänder der Seligen zu berühren. Kopff war nicht hinaufgestiegen.

Das Wesentliche lag derzeit für ihn in der Frage: Was ist Vergebung, was ist Gnade? Er war mit dieser Frage täglich konfrontiert, wenn er, während die anderen nach langem Marsch ihre wohlverdiente Ruhe genossen, Pfarrhäuser und Klöster abklapperte, um sich seine Ankunft, die Weiterreise bestätigen zu lassen. Was die anderen im Herzen, in der Seele heimtrugen, musste ihm mit Brief und Siegel bescheinigt werden. Der Sühnewallfahrer Michael Kopff ist am soundsovielten des Monats September im Jahre des Herrn soundso hier eingetroffen. Punktum. Was nicht bescheinigt wurde, war die Verfassung seines Leibes, die Unruhe seiner Seele. Er ist angelangt und hat sich vorgestellt nach der Überquerung der achtzehnbögigen Brücke im Hospiz am Rio Orbigo, in der Stadt Astorga, wo die »Silberstraße« der portugiesischen Pilger auf die Route nach Santiago trifft. Er ist angelangt und ist vorstellig geworden in Valdevieja, in Rabanal del Camino, in Foncebadón. Er hat am Ortsausgang das Kreuz, das »Cruz de Ferro«, über einem Steinhaufen gesehen, welcher nach der Überlieferung auf die Römerzeit zurückgeht, und hat nach altem Brauch wie jeder Pilger einen Stein auf diesen Haufen geworfen.

Die urwüchsige Landschaft der Maragatería mit ihrem eigenartigen Menschenschlag, in dessen Adern westgotisches und keltisches Blut pulst, hat deine Aufmerksamkeit in Anspruch genommen. Heidekraut und Ginster umrahmen fremdartige Dörfer, die deine Augen wachsam in die Runde schweifen ließen. In diesen Augenblicken dachtest du nicht an die Gnaden des Weges, sondern an die Sicherheit der Freunde, die unbefangener als du und manchmal ohne die nötige Obacht dem Westen entgegeneilten. Fühltest du dich nicht inzwischen für sie verantwortlich, die im Vertrauen auf St. Jakob ausschritten – manchmal in ihr eigenes Verderben hinein? Die täglichen kleinen Abenteuer, die glimpflich abgingen, weil du, Michael Kopff, dein wachsames Auge über die Gruppe schweifen ließest und das Übel bei der Wurzel packtest?

Meist hattet ihr die Städte gemieden, die neben Pilgern auch allerlei Gesindel anzogen. Aber der Einkäufe und Unterkünfte wegen war es nicht immer vermeidbar gewesen, sie aufzusuchen. Wie leicht ist es auf dem Weg zum Bergnest Peñalbe de Santiago zum Beispiel, im wildromantischen Tal des Schweigens, – wie leicht ist es, sich hier zu verstecken, einzelnen Pilgern aufzulauern? Oder im abgelegenen El Cebrero, das nach mühevollem Pass-Aufstieg erklommen wurde – hinter den klotzigen Quadern und tiefen Strohdächern der keltischen Häuser, den »palazos«, boten sich die Verstecke für Wegelagerer geradezu an. Während die anderen weltentrückt ins gelobte Land Galicien blickten und das Pilgerziel endlich in greifbarer Nähe wähnten, maßest du kritisch die Umgebung, stets darauf gefasst, zwei, drei Strolche mit gezückten Messern auftauchen zu sehen. Du hattest deine Erfahrung, Michael Kopff, so lange lag deine eigene Straßenräuberei noch nicht zurück …

Weil du den Dingen der Erde zu sehr verhaftet warst, bedacht auf die Sicherheit der irdischen Wege, hast du in

El Cebrero die Legende an dir vorüberstreichen lassen wie ein Windhauch, die Legende vom Gralskelch, dem herrlichen romanischen Gefäß, gestiftet von Ferdinand II. und Isabella zum Dank für das Wunder, das einem kleingläubigen Priester zuteil wurde, der an die Präsenz des Leibes und Blutes Christi nicht so recht glauben konnte und bei der Wandlung urplötzlich die Gegenwart des Herrn im Altarssakrament erfuhr …

War es Gnade, die der Priester erlebte? Gnade, die auch den Wallfahrern gewährt wurde, den Sühnepilgern und allen, die sich ehrlichen Herzens mühten? War Gnade Vergebung – oder Vergebung Gnade?

War ein Hauch Gnade damit verbunden, dass man ihm, Michael Kopff, und den Kameraden in Triacastela nach dem morgendlichen Aufbruch im Hospital de la Condesa zu allem Überfluss einen Stein ins Gepäck band und er, Kopff, den Kretz für den Erweiterungsbau der Kathedrale in Santiago de Compostela zugedachten Kalkstein mittrug, um den Freund zu entlasten? Bis zu den Kalkmühlen von Castañeda schleppte er die doppelte Last – würde ihm diese Tat jenseits aller irdischen Rechtsprechung die Vergebung seiner schweren Schuld mitbewirken?

Es blieben so viele Fragen, und die Antworten waren spärlich. Sich mit Sohler Hans und Kretz zu unterhalten, verschaffte zuweilen Linderung, aber nur bis zu einem bestimmten Grad, denn die letzten Fragen, die Kopff hatte, zum Beispiel, wie er, sollte er den Heimweg schaffen, in Zukunft leben würde, blieben ohne Erwiderung. Einerseits behagte ihm die geordnete Form des Lebens nicht, der gleichbleibende Rhythmus der Tage, ohne Höhepunkte, im Gleichmaß der Stunden, andererseits gab es wohl keine Ordnung als die der Regelmäßigkeit, der steten Sorge für Anvertraute, für eine Familie, für Mitmenschen. Kopff schleppte an den Steinen und behielt die Gruppe im Auge. War das also eine Sühnewallfahrt – die Sorge um andere, nicht um das eigene Heil …?

Kretz beobachtete Kopff schon eine Weile, wie er wortkarg, missmutig, grüblerisch als Anführer vor den Pilgern herging, wie es seine Gewohnheit war, und er holte vom Ende der Truppe, so gut es ging, auf, arbeitete sich ein Stück nach vorn, bis er Kopff zu fassen bekam.

»Gib mir den Stein zurück, Michel«, sagte Kretz, »ich sehe, wie du dich quälst über die Höhen und Pässe. Dieses Galicien ist bergig, du kannst nicht Pfadfinder sein und zugleich die Last deiner Freunde tragen.«

»Lass mich«, antwortete Kopff kurzsilbig, aber nicht unfreundlich. Kretz saß ihm auf den Fersen und gab keine Ruhe.

»Erinnerst du dich an die Mahlzeit, die du mit uns geteilt hast, Michel, im Mai im Wald an der Mosel?«

»Ihr habt mir eine schöne Suppe eingebrockt, und ich musste sie auslöffeln«, erwiderte Michael Kopff, jedoch der Ton seiner Stimme klang nicht unbehaglich. »Hätte ich damals gewusst, was auf mich zukam …«

»Was dann, Michel?«

»Nichts. Es gibt kein ›Wenn‹ und ›Aber‹.«

»Bereust du, mit uns gezogen zu sein? Ich weiß nicht, was wir ohne dich getan hätten, Michel, bei den vielen Gefahren unterwegs. Dich hat uns der Himmel geschickt.«

»Der Himmel schickt keine Verbrecher«, antwortete Kopff kurz.

»Das bist du auch nicht. Gott sieht ins Herz, Michel, und in deinem Herzen ist allerlei geschehn.«

»Ich bin froh, euch getroffen zu haben. Danke, dass ihr mich nicht weggeschickt habt.«

»Michael Kopff – und danke?«

»Ich sage das nicht so dahin, Kretz. Du weißt, ich bin kein feinfühliger Bursche, und es muss eine Menge geschehen, bevor ich Rührung zeige. Aber dieser Weg hat mich verändert.«

»Wen nicht, Michel?«

Michael Kopff hatte das Marschtempo unmerklich gedrosselt, um dem Fährmann Gelegenheit zu geben, weniger kurzatmig neben ihm Schritt zu halten.

»Der Weg verändert wohl jeden, Michel.«

»Je näher wir dem Ziel kommen, um so eigentümlicher wird mir zumute. – Ist das Gnade?«

»Ich bin kein Theologe. Ich weiß nichts, außer dem, was die Pfarrer in den Predigten sagen und was ich beobachte – und mir zurechtlege.«

»Dann hast du gut aufgepasst, Kretz, denn du weißt viel. Und was hast du beobachtet – und dir zurechtgelegt?«

»Ich denke, dass alles, was uns verändert, Gnade ist. Was uns dazulernen, unseren Horizont erweitern lässt. Wir haben auf diesem Weg ja den Himmel fast täglich in seiner ganzen Weite vor Augen gehabt mit immer neuen Bildern und Ausblicken. Das könnte ein schönes Beispiel dafür sein, was in uns vorgeht. Dieses Neue hat uns geprägt. Jedes Stück Weg hat uns bereichert – trotz und gerade wegen aller Anstrengung. Der Weg, Michel, der Weg ist das Ziel. Er offenbart so viele Geheimnisse der Seele, er birgt so viele Geheimnisse des eigenen Ichs. Das, denke ich, ist Gnade.«

»Und Vergebung?«

»Vergebung? Du meinst die Sündenlast, die auf uns ruht?«

»Ja, zum Beispiel. Wird sie wirklich von uns genommen?«

»Ich vertraue darauf, Michel. Und ich glaube, jeder hofft darauf, ohne dass er es ausspricht.«

»So könnte ich eines Tages wirklich ohne diesen lästigen Ring herumlaufen, Kretz? Innerlich, meine ich, verstehst du?«

»Das Eisen wird abfallen wie die Fesseln der Gefangenen, die St. Jakob befreite. Du bist auf dem Wege nach Emmaus, Michel, wo den Jüngern die Augen aufgingen und wo sie ›erkannten‹. Das ist das Geheimnis aller Wege und allen Unterwegsseins: das Erkennen der Dinge. Ich kann jedermann bezeugen, zur Not auch deinen Richtern, dass du ein anderer Mensch geworden bist, ein neuer Sauerteig, wie unser Herr Pfarrer sagt.«

»Würdest du das wirklich tun, Kretz?«

»Du kannst dich darauf verlassen.«

»Dann schleppe ich deinen Kalkstein doppelt gern.«

Die flachen Dächer des Klosters Samos tauchten im Talgrund auf. Das quirlige Grün der Pappeln ging unter im tieferen, behäbigeren Grün der Tannen. Ein Bild, das an der nächsten Wegbiegung verschwand, um einem neuen Platz zu machen. Die Luft war weich, angereichert von den Düften des Meeres und unbekannter mediterraner Blumen. Esskastanien, Eukalyptus, Pinien, Olivenbäume – Fremdworte, fremde Früchte wurden heimisch im Bewusstsein der Pilger. Was für ein Land! Grün, gesegnet, der Zauber der Natur beglückte sie alle. Oder war es das Ende der Welt, das sich ankündigte, der Rand, der lockte, um die Menschen jenseits der nächsten Hügelkette in den Abgrund zu schmettern, in den ewigen Untergang – wie es der falsche Muschelbruder prophezeit hatte? Nein, und abermals nein! Dieser Weg der Zuversicht und des

Wachsens konnte nicht im Verderben enden, nicht in der bodenlosen Enttäuschung der Hölle. Es wäre nicht möglich gewesen, im Angesicht des Todes die Kirche Santa María in Sarría zu bauen, noch das im Frieden Gottes liegende Kloster Barbadelo mit seiner rein romanischen Kirche. Wer hätte in Puertomarin die Ziegel der Wehrkirche des Santiago-Ritterordens schichten können, wenn ihm das Ende unmittelbar bevorstand, oder Muße gefunden, die Malereien im Altarraum von Vilar de Doñas auf die Kalkwand zu bannen?

Dennoch wuchs eine Unruhe unter den Pilgern, die schwer zu erklären war. Sie steigerte sich von Meile zu Meile, und zwischen Palas del Rey und Mellid gab es kein Halten mehr. Die Orte flogen an ihnen vorbei, sofern man bei Pilgern vom Rausch der Geschwindigkeit sprechen kann. Der Schweiß rann in den Nacken, troff in die Augen, suchte seinen Weg den Rücken hinab. Andere Wallfahrtsgruppen überholten sie, spornten sie an. Es hatte den Anschein, als könne nur der erste, der in Santiago ankäme, in den Genuss der Gnaden und Vorteile gelangen, so gewaltig war der Drang hin ans Ende der alten keltischen Straße, zum Grab des hl. Jakobus.

Der Sohler Hans und Franz Lauterbrunn hatten Kretz untergefasst, sie zogen ihn fast mit sich, denn das Ziel und die Verheißung des Weges lockten, wider alle Ängste, alle Vorbehalte, alle Zweifel. Niemand mochte mehr unnötige Rast- und Wartestunden in Kauf nehmen.

»Seid ihr denn allesamt übergeschnappt?« rief Paul Lenger, der den Schneider am Hosenbund erwischte und von allen offenbar den klarsten Kopf behielt. »Jetzt haben wir Monate auf den Straßen des hl. Jakob zugebracht. Jetzt wird es auf zwei, drei Tage auch nicht mehr ankommen.«

Solche ernsthaften und mit Zorn vorgetragenen Ermahnungen brachten die Freunde auf den Boden der Wirklichkeit zurück. Der Rausch, so spontan und unkontrolliert er über sie gekommen war, verebbte, die Füße gehorchten wieder den Befehlen des Gehirns und nicht länger dem Wunsch des Herzens. »Ultreya!« Ja, vorwärts, gewiss, aber gesammelt und der Würde des Augenblicks gemäß, denn der Ort, den ihr erreicht, ist heiliges Land …

… Die romanische Kirche Santa María de Mellid – der letzte markante Ort am Camino. Unter den Zypressen des Friedhofs einige Pilgergräber. Gleichsam vor der Haustür zur Seligkeit, vor den Toren Santiagos, raffte der Tod des Leben wie Beutestücke und vergrub sie in der Erde Galiciens.

Die Pilger bewegten sich in eiligen Prozessionen dem Monte del Gozo zu, dem Berg der Freude. Nun, nachdem sie sich in Castañeda der Steine für die Kalkmühle entledigt hatten, wuschen sie sich am Rio Lavacolle so gründlich wie selten in ihrem Leben. Wer hinaufstieg zum »Jerusalem des Westens« und einzog ins Haus des Herrn, musste mit reinem Herzen und sauberen Kleidern vor Gott und den Apostel hintreten. Nach dem Waschen begann der Aufstieg zum Berg der Freude, von wo die Wallfahrer zum erstenmal die Silhouette Santiagos sahen. Wer als erster den kleinen Gipfel erstürmte, war Pilgerkönig. Der Schmied nahm Kretz auf seine Schultern und spurtete den Freunden voraus. Der Fährmann sträubte sich mit Händen und Füßen, aber es half ihm nichts. »Nun bist du Pilgerkönig«, keuchte Franz Lauterbrunn, als sie oben angekommen waren. »Du hast es verdient, Kretz, denn für deinen rechten Fuß war der Weg doppelt lang.« Die Kameraden applaudierten, Kretz wehrte bescheiden ab. Er fand keine Worte, er wiederholte nur die

Dios ayuda
y Santiago!
Kyrie eleison!
Camino Santiago
de Compostela
España.
Santiago de Compostela
Monte del Gozo
Lavacolla
Arzua
Mellid
Furelos
Palas del Rey
Puertomarin
Sarria
Galicien
Triacastela
Puerto El Cebrero 1360 m
Villafranca del Bierzo
Ponferrada
Molinaseca
Puerto La Cruz de Ferro 1500 m
Astorga
Puente de Orbigo
Hospital de Orbigo
Leon
Mansilla de las Mulas
S. Miguel de Escalada
Burgo Ranero
Sahagún
S. Maria de las Tiendas
Carrion de los Condes
Villalcazar de Sirga
Fromista
Castrojeriz
San Antón
Hontañas
Miraflores
Burgos
S. Pedro de Cardena
S. Juan de Ortega
Villafranca Montes de Oca
Belorado
Nájera
S. Domingo de la Calzada
Altkastilien
Logroño
Viana
Torres del Rio
Estella
Puente la Reina
Cizur Menor
Obanos
Pamplona
Eunate
Puerto de Erro 801 m
Navarra
Roncesvalles
Puerto Ibañeta 1075 m
Valcarlos
S. Jean Pied de Port

Ausrufe der Bewunderung, die er von anderen Pilgern hörte. »Mon joie, mon joie! Welche Freude! Welche Freude!«

Der »Freudenberg« war der schönste, den Kretz und seine Mitpilger im Laufe der langen Wallfahrt bezwangen …

Endlich am Ziel

Wir sind in Galicien! O heiliger Jakobus,
bewahre die Pilger vor jeglicher Sünde
und gib ihnen Käse und Korn,
damit es viele Le-Puy-Pfennige gibt.

Als wir nach Compostela kamen,
traten wir in buntem Durcheinander
in die Kirche Gottes ein,
um an diesem Ort mit großem Eifer
Sankt Jakob zu verehren.

Ein Ritter von hoher Geburt ritt eines Tages an der galicischen Küste entlang. Plötzlich scheute das Pferd und stürzte mit dem Reiter ins Meer. Der Ritter rief in seiner Not den hl. Jakobus an. Es gelang dem Pferd, sich über Wasser zu halten und das rettende Ufer zu erreichen. Als es an Land kam, war es über und über mit Muscheln bedeckt …

Es war ein langer Weg, den die Muschel aus der griechischen Mythologie bis auf den Vorhof vor dem Nordportal der Kathedrale von Santiago zurücklegte, ein Weg der Deutungen und Interpretationen. Die schönste, die Kretz vor den Toren Compostelas vernahm, war wohl die: Dass die beiden Muschelklappen Gottes- und Nächstenliebe darstellen, wie das »Liber Sancti Jacobi« bemerkt, und die Schalen neben ihrer Funktion als Teller oder Schöpfgerät als sichtbarer Beweis für den Besuch am

Apostelgrab gelten. So wie jene, die aus Jerusalem zurückkommen, den Palmzweig tragen, so haben die aus Santiago die Muschel … Seit dem 4. Jahrhundert versinnbildet die Muschel die Wallfahrt im allgemeinen, aber sie wird schließlich das Symbol des typischen Santiago-Pilgers, der sie an den Stränden Galiciens zum Beweis dafür sammelt, dass er das Ende der bekannten Welt und damit das Ziel der Wallfahrt erreicht hat. Lange Jahre wimmelte der Strand bei Padrón von Pilgern, die sich mit den Zeichen ihrer Pilgerschaft versahen, bis ein pfiffiger Kaufmann die Muscheln auf dem Domplatz von Santiago anbot und mit ihnen ebenso Weinschläuche, Schuhe, hirschlederne Pilgertaschen, Beutel, Riemen, Gürtel, jede Art von Heilkräutern und andere Arzneien und vieles mehr … Der Muschelhandel kam in Blüte, mancher Kaufmann witterte ein ergiebiges Geschäft.

Die Muschelhändler, die »Concheiros«, schlossen sich zu einer eigenen Gilde zusammen, um gegen den kirchlichen Anspruch auf das Alleinverkaufsrecht gewappnet zu sein. Der Bischof versuchte tatsächlich die Verkaufsstände zum Kirchenbesitz zu erklären und sie den Händlern nur noch pachtweise zu überlassen. Jedoch die starke Gilde der Concheiros setzte sich erfolgreich zur Wehr und kam schließlich mit dem Domkapitel überein, nicht mehr als einhundert Verkaufsstellen zuzulassen und diese bei Abgabe nur an die Kirchenleitung zu veräußern.

Drei Päpste, Alexander III., Gregor IX. und Klemens X., räumten dem jeweiligen Erzbischof von Santiago de Compostela das Recht auf Exkommunikation derer ein, die außerhalb der Apostelstadt Muscheln als Pilgerabzeichen feilboten. Auch König Alfonso X. von Kastilien und León verbot den Handel mit Pilgermuscheln auf dem durch sein Reich führenden Jakobsweg.

Die Kamm-Muschel war das sichtbare Zeichen der Erfüllung des Gelöbnisses und Sinnbild einer besonderen Verehrung des hl. Jakobus – kein Wunder, dass man den Missbrauch ahndete und erst recht den falschen Santiago-Pilgern, den Muschelbrüdern, das Handwerk zu legen suchte. Kretz und seine Freunde hielten nichts von den neuzeitlichen Metallgüssen, die Muscheln nachprägten, den Abbildern aus Kupfer, Messing, Bronze oder gar Silber, die zwar hübsch aussahen, aber im Grunde eine Verfälschung der Natur darstellten: Sie liebten das Symbol ihres Weges so, wie es vom Meer geschenkt, bei Flut auf den Strand gespült wurde. Sie würden zwei kleine Löcher in die Muschelschalen bohren und die Muschel auf die Tasche nähen, wie sie es bei vielen ihnen entgegenkommenden Pilgern gesehen hatten …

Die Stadt lag nun vor ihnen, das Ziel ihrer mehr als halbjährigen Pilgerreise. Die braunen und rötlichen Farben des Herbstes mischten sich mit dem Abendhimmel, an dessen Rand die Sonne in die Wiege des Meeres sank. Ab morgen würden die Pilger dem Zeichen am Firmament nicht mehr folgen. Ab morgen verharrten die Schritte im Heiligtum des Apostels, durch das durchgelaufene Leder der Schuhe würden ihre Fußsohlen den kühlen Stein der Basilika spüren. Mit jedem Schritt wuchs die Stadt auf sie zu, mit jeder Bewegung vergrößerte sie das Scherenschnittbild ihrer Türme und Tore. Die Stadt legte die Arme um sie und zog sie an sich, wie eine Mutter wortlos ihre Kinder umarmt.

Sie hatten sich ausgemalt, wie sie in Santiago durch eines der sieben Tore einziehen würden. Mit einem Lobpreis Gottes auf den Lippen oder schweigsam, jeder in seine eigenen Gedanken vertieft. In der Prozession der Mitpilger aus anderen Ländern oder allein und für sich. Unter Posaunenschall und mit dem Duft von Weihrauch oder demütig, auf Knien, im Schweiße ihres Angesichtes. Der Bedeutung des langen Weges und des Zieles entsprach gewiss ein feierlicher Einzug. Aber womit hatten ausgerechnet sie es verdient, die Reise zu bestehen, während so viele Mitpilger unterwegs im wahrsten Sinne des Wortes auf der Strecke geblieben waren und in der Einsamkeit der Pilgerfriedhöfe ihre letzte Ruhe gefunden hatten? So hell und klar das Ende des Weges vor ihnen lag und zum Jubel herausforderte, die Kameraden entschlossen sich für einen stillen Eintritt ins Heiligtum des Apostels.

Wohin würden sie zuerst gehen? Natürlich zum Grab des Heiligen! Aber zuvor wartete ein unbeschreiblich schönes Erlebnis auf sie: der Eintritt in die Basilika durch das Portal der Herrlichkeit des Meisters Mateo, durch den »Pórtico de la Gloria«. Man hatte ihnen gesagt, dieses Portal sei das schönste auf Gottes Erde und man müsse sich so die Pforte des Paradieses vorstellen. Der übermächtige Christus erwarte die Pilger hoch im Tympanon thronend in inniger Freude, der Apostel Jakobus aber, auf einer Säule des Mittelportikus sitzend, die die Wurzel Jesse darstelle, heiße sie alle auf das herzlichste willkommen. Engel, Heilige, die Apostel, die Propheten, die Evangelisten, die Ältesten des Volkes Israel, ja selbst Adam und Eva und die Erzväter hätten sich zum Empfang der Pilger versammelt.

»So lasst uns denn eintreten in die Stadt unserer Hoffnung«, sagte der Sohler Hans feierlich, als sie unter dem ersten Stadttor, der Porta Francígena, standen und ihnen das vielstimmige, mehrsprachige Leben entgegenschwoll. Dem Schneider fehlten vor Rührung die Worte, nur sein Spitzbart wippte vor Ergriffenheit, während er vor Michael Kopff hertänzelte, als gelte es, einen Jahrmarktbesuch zu machen. Kopff ließ ihn gewähren, denn er fühlte sich nicht berufen, als erster den heiligen Bezirk zu betreten. Paul Lenger, der Schmied und Kretz verharrten einen Augenblick mit geschlossenen Augen. Eine Träne rann Franz Lauterbrunn in den Bart. Kretz legte seinen rechten Arm um die Schulter des Freundes, und so zogen sie ein in das »Jerusalem des Westens« …

Kommt, wir machen dem HERRN ein Freudenfest
mit lautem Jubel und Lachen.
Denn er schützt uns, er gibt Halt, und er hilft.
Treten wir vor ihn hin und danken!
Hellauf klingen ihm unsere Lieder!

Denn unser Gott ist der höchste,
der Großkönig über alle Götter,
der die Fundamente der Erde in seiner Hand hat,
dem die Gipfel der Berge gehören,
und sein ist das Meer, denn er hat es gemacht,
und das Festland, denn er hat es geformt.

Kommt, wir wollen anbeten, wir wollen uns beugen,
wir knien vor dem Herrn, unserm Schöpfer.
Denn er ist unser Gott,
wir sind das Volk, das er hegt,
Schafe in seinem Besitz.
Hört heute auf seine Stimme!

Über Santiago de Compostela gibt es vieles zu sagen. Die Bücher sind voller Lobpreisungen und Empfehlungen, wohin man seine Schritte lenken, worauf man sein Augenmerk richten soll. Aber einen geheiligten Ort kann man in Worten nicht erfassen. Die Seele muss sich aufschwingen und auf Entdeckungsreise gehen. Denn Santiago ist ja nicht nur eine Stadt, Santiago ist ein Zustand, eine unbeschreibliche Beschaffenheit des Herzens, die nur erlebt, wer am Ziel seiner Reise ankommt. Deshalb wollen wir nicht aufdringlich sein. Wir lassen unsere Pilger allein. Ihre Gedanken, ihre Gebete gehen nur Gott etwas an und seinen Freund, den hl. Jakobus. Wir verabschieden uns von den Kameraden , die wir über Wochen auf ihrer beschwerlichen Reise begleitet haben. Wir durften Anteil nehmen an ihren Freuden und Leiden. Nun sind wir mit ihnen froh, dass sie endlich am Ziel sind. Gott sei Lob und Dank! Der Herr gewähre ihnen eine gute Heimkehr – und uns allen ein ruhiges Nachhausekommen am Ende unserer Zeit.

Kretz, der Fährmann, und der Schmied Franz Lauterbrunn blieben ein Vierteljahr in Santiago de Compostela, denn der schneereiche Winter stand vor der Tür und der Fuß des Fährmanns bedurfte ausgiebiger Pflege. Nachdem sie die vorgeschriebenen Bußübungen abgeleistet hatten, hielten sie sich mit Gelegenheitsarbeiten über Wasser. Mit dem ersten Frühlingshauch brachen sie zur Heimreise auf. Mitte August trafen sie im Westfälischen ein. Kretz kehrte an die Fähre zurück und versah seinen Dienst noch viele Jahre. Als er starb, legte man ihm die Muschel, das Symbol seiner Pilgerreise, ins Grab. Es ist nicht überliefert, ob er je wieder mit »Hinkefuß« beschimpft worden ist.

Paul Lenger und der Sohler Hans pilgerten nach dreiwöchigem Aufenthalt in Compostela heimwärts. Für den Rückmarsch wählten sie die Strecke über Oviedo, wo sie in der Erlöserkirche die acht Dornen von der Krone unseres Herrn, ein Stück Haut des hl. Bartholomäus,

Milch von der hl. Jungfrau Maria, ein paar Strähnen vom Haar der hl. Maria Magdalena, eine Sandale des hl. Petrus und einen Krug von der Hochzeit zu Kana besichtigen wollten, die in einem wundersamen Schrein aus unverweslichem Holz durch Gottes Fügung aus Jerusalem nach Spanien gelangt waren. Darüber gerieten sie in den strengen Pyrenäen-Winter. Paul Lenger erkrankte an einer Lungenentzündung und starb. Er fand sein Grab in der Nähe von San Sebastian. Der Sohler Hans erreichte im Mai seine mainfränkische Heimat.

Als wir in Rabanal waren,
wurde mein Gefährte begraben,
um den ich trauere.
Ich suchte in seiner Tasche
und fand dort nur ein weißes Papier,
um einen Brief zu schreiben,
um seinen Eltern zu schreiben.

Der Sühnepilger Michael Kopff fand in Compostela Gefallen an einer jungen Spanierin – und sie an ihm. Er heiratete sie übers Jahr und eröffnete einen Handel mit Wallfahrtsandenken. Sein Eisenring hing ein Leben lang an der Eingangstür seines Hauses. Die Papiere, die ihm die erfolgreiche Wallfahrt nach Santiago bestätigten, schickte er mit einem deutschen Pilger in die Heimat. Dort verstaubten sie in einem Gerichtsarchiv.

Antonius Viermann, der Schneider, hatte es am eiligsten. Allen Beteuerungen zum Trotz, gemeinsam mit den Freunden die Heimreise anzutreten, schloss er sich einer anderen deutschen Pilgergruppe an. Als er nach Hause an den Niederrhein kam, war seine Frau gerade von einem munteren Knäblein entbunden …

Wenn der kinderlose Gatte
von Compostela zurückkehrt
und lange genug ausgeblieben ist,
findet er daheim zwei Kinder vor.
O großer Sankt Jakob, heilige mich!

Bildlegenden:

S. 11
Holzschnitt aus dem Wallfahrtsbüchlein des Mönchs Hermann Kuenig von Vach, 1521.

S. 20
Der hl. Gerson als Pilger. Holzschnitt aus dem Dürer-Umkreis. Der hl. Gerson war 1363 bis 1429 Kanzler der Universität in Paris.

S. 35
In Zeiten der Glaubenskämpfe geraten die Jakobsbrüder immer mehr an den Rand der Gesellschaft und werden gar als Gesinde beschimpft.

S. 47
Jakobuspilger. Detail aus einem Stich von H. Cock nach Breughel.

S. 73
Titelblatt des Buches »Viaggio in Ponente a San Giacomo di Galitia e Finisterrae« von Domenico Laffi, 1681.

S. 78
Emmauspilger – Deutsche Bibel, 1486, Köln.

S. 103
St. Jacobus – Légende Dorée, J. de Voragine, 1488, Ulm.

S. 111
Galgen- oder Hühnerwunder, deutscher Holzschnitt um 1460 (von oben nach unten und von links nach rechts:

Die Pilger, Eltern und Sohn, essen in einem Wirtshaus; der Wirt versteckt einen Krug im Gepäck des schlafenden Pilgers; der vorgetäuschte Diebstahl wird bemerkt; der junge Pilger wird gehängt; der Vater und die Mutter des hingerichteten Pilgers gehen weiter auf dem Jakobsweg; auf der Rückreise besuchen sie ihren Sohn, den sie für tot halten, und finden ihn durch Eingreifen des heiligen Jakobus lebendig vor; das Hühnerwunder; der Wirt und seine Tochter werden zur Bestrafung am Galgen gehängt.

Quellenverzeichnis:

Carmen Rohrbach: Jakobusweg Spanien. Sierra bei Goldmann Verlag, München

Carmen Rohrbach: Muscheln am Weg. Mit dem Esel auf dem Jakobsweg durch Frankreich. Fredeking et Thaler

Carmen Rohrbach: Jakobusweg – Wandern auf dem Himmelspfad. Sierra bei Goldmann Verlag, München

Elisabeth Alferink: Auf den Spuren des Jakobus. Mein spiritueller Wegbegleiter. Verlag Katholisches Bibelwerk Stuttgart

Ulrich Hagenmeyer: Das Ziel ist der Weg. Kreuz-Verlag, Stuttgart

Eveline Knyz: Ans Ende der Welt. Von Wien bis Finisterre. Tyrolia Verlag, Innsbruck

Ulrich Wegner: Der Jakobusweg. Auf der Route der Sehnsucht nach Santiago de Compostela. Verlag Herder Freiburg

Natascha Kubisch: Der Jakobusweg nach Santiago de Compostela – Unterwegs zu Kunst und Kultur des Mittelalters. Theiss Verlag

Klaus Herbers: »Wol auf sant Jacobs straßen!« Pilgerfahrten und Zeugnisse des Jakobuskults in Süddeutschland. Schwabenverlag, Stuttgart

Monika Hauf: Der Jakobusweg. Verlag Langen-Müller

Peter Lindenthal: Nach Santiago – wohin sonst? Tyrolia Verlag, Innsbruck